许偲歌 著

北方文艺出版社
哈尔滨

图书在版编目(CIP)数据

因爱而幸 / 许偲歌著 . -- 哈尔滨 : 北方文艺出版社 , 2022.4

ISBN 978-7-5317-5472-5

Ⅰ . ①因… Ⅱ . ①许… Ⅲ . ①长篇小说 – 中国 – 当代 Ⅳ . ① I247.5

中国版本图书馆 CIP 数据核字 (2022) 第 032985 号

因 爱 而 幸

YIN AI ER XING

作　　者 / 许偲歌

责任编辑 / 富翔强

装帧设计 / 树上微出版

出版发行 / 北方文艺出版社

邮　　编 / 150008

发行电话 / (0451) 86825533

经　　销 / 新华书店

地　　址 / 哈尔滨市南岗区宣庆小区 1 号楼

网　　址 / www.bfwy.com

印　　刷 / 湖北金港彩印有限公司

开　　本 / 880 × 1230　1/32

字　　数 / 160 千

印　　张 / 8

版　　次 / 2022 年 4 月第 1 版

印　　次 / 2022 年 4 月第 1 次印刷

书　　号 / ISBN 978-7-5317-5472-5

定　　价 / 98.00 元

前言

这是一本送给自己，送给家长，送给朋友，送给大众的书。

书中有属于小主人公自己的困惑，有对原生家庭的气愤与不解，但是小主人公用自己的方式努力对抗，努力变成自己希望的样子，最终拥有了属于自己的天空。

和普通的家庭不一样，主人公的生活有很多特殊之处。虽然条件允许，但她很少与爸爸单独相处，不能拥有自己的卧室……

虽然有很多“不可以”，但她努力让自己“可以”。作为一个有强烈“被认同感”的孩子，她的心里有一股劲头，不相信自己是别人口中所说的那样。小主人公表现出来的情怀是无边无际的，她的燃情岁月不是由青少年开始撰写，而是从幼时便开启了这段不一样时光。

流年随时光而去，岁月蹉跎，当我们的小主人公渐渐长大，她终于成了一个不一样的人。

毫无疑问，她的未来是一个成功的大人；毫无疑问，她的爸爸作为她的心灵导师，更是一个成功的爸爸。

我能写出这本书是因为我拥有一个和主人公很像的爸

爸。不得不说，在小朋友的成长中，家长是一个很重要的存在，往往最初的价值观来自家长。同样的，在我撰写这本书的时候，我也问了很多个身边朋友有关其父亲的故事。然而遗憾的是，诸如我父亲这样的父亲是很少很少的。

对于我父亲的教育方式我很赞成也很欣赏，因为拉低成年人的视角，蹲下看世界时才会发现小朋友清奇的想法，而那个时候也会想起来，每一个成年人曾经不也都是小朋友吗？

在这本书中，你会看到一个不一样的家庭，一个不一样的爸爸，还有一个不一样的孩子。也许小主人公不是一个传统意义上的聪明孩子。很多时候她表现得很懂事、很努力，但却依然达不到大众对她的要求。

在这样一个并不是二胎家庭里的二孩家庭中，小主人公作为二孩中的老大，自然会受到更多的指责。在这样一个稍微有些传统的家庭里，小主人公作为二孩家庭里的老大，又作为弟弟的姐姐，自然会被要求更多。在这样一个并不是传统的离异单亲家庭里，小主人公总是作为一个被推来推去博弈的棋子。老中青三代共处一室，又会发生怎样的故事呢？

也许人们总在责怪她不够懂事，也许人们总在要求她一定要孝顺，也许人们总在呵斥她不让着弟弟，也许人们总在打击她的一切。

但小主人公面对这些时，依然保持着自己独特的风度，虽然受到家庭的影响，一举一动都不像个孩子，但即使是成熟的样子，她依然用自己的方式努力博得他人的喜爱。

就是这样一个可爱的小朋友，努力地想让自己成为一个能让大家满意的孩子。

你，愿意看看她的故事吗？

目 录
Contents

那个即将入夏的春天

2029 年 4 月 16 日。

好似是一个平凡的日子。

准确地说，就是一个平凡的日子。全国的人都要刷牙洗脸，看电视，吃早餐，一切照常。交通照样堵，班照样上，又有什么不平常的呢？

然而……

今天上午十点整，我国女药学家宋涵汐获得今年诺贝尔生理学或医学奖的竞选资格。她的研究成果是关于内源性抑郁症的治疗方案。如果她获得此项奖项，她将是最年轻的诺贝尔生理学或医学奖的得主，今年十二月也将出席诺贝尔生理学或医学奖的颁奖典礼。

电视和手机的荧屏里不断出现着信息，在这些信息中不时滚动着这一则显眼的新闻。

各大新闻媒体都在争先播报，电视台的主持人正在为全国人民播报着这个热血沸腾的好消息。

电视台里，不惑之年的男人穿着正装弹奏着各式各样的乐曲，添加到各个卫视的新闻中。偶尔闲下来才能摆弄摆弄自己的分头，把翘起来的头发压下去，当然他也不会忘记炫耀一番。

“你们说的是今天报道的宋涵汐吗？她爸和我是哥们儿，算下来她还是我的小徒弟呢！”

此时此刻，全国各地的卫视主持人都满脸笑容地远程连线着记者，只见记者笑眯眯地说着：

“据可靠消息，宋涵汐初中毕业于燕平市燕海中学，高中毕业于燕平市丰德中学。此刻我正站在燕平市丰德中学门口，下面让我们采访一下她的老师……”

镜头霎时间对准了曾经教过宋隽然的老师。

“宋涵汐刚来我们学校的时候不怎么出头，因为学乐器的太多了，不止弹钢琴的，还有弹古筝的、弹吉他的、打架子鼓的……所以刚开始我们不知道她会弹琴，直到我发现她喜欢常斯礼，还给他写了歌……当然，她走上这条路也是和常斯礼有不小的关系……常斯礼是她的偶像……”

短发的女老师和身着衬衫的男主任正对着镜头喜悦地介绍着这个他们曾教过的学生。

然而电视前的宋隽然默默地看着电视里播报自己的消息

摇了摇头。

唉，一晃就到今天了，十七年了，这名字改了十七年，终归还是没叫惯。

宋隽然抖搂抖搂衣袖，又弯腰把皮鞋上的灰尘掸掉。

“宋院士，快来吧，记者们等着我们呢！”一个年轻人推门而入，呼唤着没有离座的宋隽然。

小姑娘听闻连忙点头，接着她起身走入了一旁的报告厅。

科学院的报告厅，如果你来到这里一定会被这里的氛围所感染的。在这里你仿佛能看到最蓝的天，在这里你仿佛能嗅到最清新的青草，在这里你仿佛能看到最富有朝气的年轻人……但前提是你也要如此地热爱科学。

如果不是直播采访，平常的科学院可是一个寂寞的地方。这里有全副武装的保卫，有不苟言笑的老师，也有繁忙的实验员。离科学院不远的地方是警官大学，那里同样是宋隽然非常热爱的一个地方。听说她的初中离警官大学近极了，那时她经常站在学校顶楼的窗户旁，踮着脚尖眺望着。而现在工作了，她也经常在科学院踮着脚尖眺望着。

她每每路过围墙总要驻足一会儿，虽然看不见什么，但她还是喜欢看向那个方向。

那里到底承载了什么？

大概只有她最明白了。

2029 年 4 月 16 日，科学院的报告厅，里里外外都挤满了人。门外被各路媒体堵得水泄不通，原本偌大的报告厅里也挤满了世界各国的主要媒体，每一个人都拼了命地把话筒往台上的几个人面前伸。

人群中，中年的警察英姿勃发，他正带领着旁边的年轻民警维持着现场秩序，两人不时往台上瞟一眼，台上的女孩正在镇定自若地接受采访，偶尔还会悄悄背手给他们比个代表胜利的剪刀手。

正当所有人都盯着台上的小姑娘时，人群中忽然有人说了一句:“你们看！院长来了！”

话音未落，人群一下子围了上来，警察们不得不抓紧维持着秩序，给院长让出一条通道。

“院长您好！宋涵汐小院士这么年轻，您有把握这一届的诺贝尔奖能被她收入囊中吗？为什么会选择这样一个别样的课题研究呢？”

院长笑容满面却并未答话，只是笑着看着台上的几个青年才俊。

摄影师们拿着他们的伸缩摄像机对着台上一阵猛拍，闪光灯刺得人眼睛都睁不开。一时间报告厅里面充斥着噼里啪啦的快门声，还有话筒碰撞的声音。原本偌大的报告厅，此时此刻竟显得如此狭小。

直播出来的电视画面上除了有这些热闹的景象，还多了悠扬的音乐，让人觉得心潮澎湃。

坐在台上的是宋隽然与她的科研团队。台上，八个年轻人富有朝气的面庞上挂着笑容。

目测年龄只有30上下，不论从衣着、体态、样貌、学历、工作等方面来说，这几个年轻人应该都是同龄人中的佼佼者。然而，大街上若是迎面走来这几个孩子，应该谁也想不到他们来自这里。

毕竟，他们太耀眼了。

宋隽然坐在最左边，是团队里唯一一个女孩子，也是年纪最小的孩子。

坐在她旁边的是一个看着很有灵气的男孩，长相白净清秀，坐着就能看出他比其他几位男孩矮一些。也是因此，团队里的人都叫他小个子。

其实他并不矮，只是在一群平均身高一米八三的队友中，一米七五确实显得有点矮了。

“小个子”“小个子”地叫着……

人们很容易忘记他那英俊帅气的本名。好在他面前的牌子上写着：魏宗泽。

小个子的父母今天也来到了现场。

听说关于他的起名还有一段故事：小个子刚刚生出来的时候正赶珺州的各种新鲜事物引入燕平，魏爸爸和魏妈妈是出了名地赶时髦，也是出了名的追星族，他们喜欢常斯礼，刚好常斯礼原名常发宗，于是就给小个子取名魏宗泽了。

而此刻的小个子也正在发言，魏爸爸魏妈妈正坐在台下，幸福地看着儿子的出彩表现。

七个男孩，一个女孩，像极了七个“大高人”和一个白雪公主。

此时的宋隽然坐在台上接受着各国记者的访问。26 岁的她虽然年龄不大，但是神情沉稳，语速沉着。作为整个科学院最年轻的小领导，前段时间又因为获得诺贝尔生理学或医学奖的评选资格而被破格晋升为科学院院士，她的出现自然将所有人的眼球吸引到了她身上。

然而她面前的牌子上写着：宋涵汐。

再往旁边看，男孩子们面前也摆着牌子：魏宗泽，李蓦然，徐谦霖……

每当宋隽然讲话，几个大男孩都会齐刷刷地望向小领导，不约而同地盯着小姑娘微微颤抖的手，担心地看着宋隽然的表现，见她无异，便接着思考自己的答案。

这种大场合，科研小队其实经历过很多了，但宋隽然仍然紧张得手抖。

不止紧张，她的手抖包含了很多情绪。

许是激动，许是兴奋，许是期待。

但与此同时，她作为队长一定要沉稳地面对各国媒体，她的形象很重要。

科研小队要面向世界亮相了！

“宋院士您好。”一位女记者高高举起话筒，“您如此年轻就已经是科学院的院士了，想必您的经验已经十分丰富，是什么让您决定将研究的课题方向定为内源性抑郁症呢？又是什么让您决定从珺州大学毕业后回到燕平来研究这个课题呢？如果在诺贝尔生理学或医学奖的颁奖台上只能说一句话，您会说什么？”

“我会说什么？”

宋隽然望着座位席上的人们突然出了神。一些画面从她脑海中呼啸而过。她想起了好多好多事情。

宋隽然的迟迟不语，引得队员们全都关切地望向她，就连台下的两个警察都急得想朝她挥手。

小姑娘还在愣神儿。

“宋院士？宋院士？”

“嗯？嗯。”

意识到自己的失态，宋隽然连忙调整，接着终于接过话筒说道：“小时候我奶奶总说，你可比你弟弟差远啦！现在我可用实际证明了，差得不远，而且现在我才是科学家。”

全场发出了忍俊不禁的笑声。宋隽然却突然严肃了起来。

“在这里，我要感谢几个人。”

前排的部分记者已经拿起了笔，在本子上刷刷刷地写着什么，想必他们猜宋隽然应该会说感谢之类的话。

然而他们想错了。

宋隽然将目光投向了台下的第一排，接着笑着说道：“我很荣幸知道了你们，我也很荣幸认识了你们。”

除了第一排的两个男士微微一笑，后排的一大家子也莞尔一笑，所有人都愣住了，拿起笔的记者也纷纷放下了笔。

宋隽然真想立刻冲下台去拥抱他。

“你们？什么意思？是谁呢？您还没有回答前几个问题。”

第一排的两个男士露出了微笑，明朗得像是皓月，明朗得像是星河。

“还没有解密的时候，你们不是一直问我，每一天我都在做什么吗？那个时候我不能说，我也不能带你们进来，但是现在我可以骄傲地带你们走进来，这里就是我工作的地方！”小姑娘顿了顿，“谢谢你们！一直以来你们对我的支持，对我的信任，我永远不会忘记。”

“哇！”刚刚提问的女记者发出了一声赞许，带头鼓起掌，紧接着全场都鼓起了潮水般的掌声。

“关于其他的问题……”宋隽然眨了眨眼睛，打算闭口不说，接着好像想起来了什么似的，又忽然凑近话筒，“等颁奖仪式结束的时候，我会公布答案的。”

继续奋战着

晴空万里，燕平的天依旧是那么蓝，那样美丽。

如此大的天空上看不见一朵白云。蓝色的天，再也没有见过雾霾。

这可真是一个适合奋斗的好天气！

宋隽然与自己的科研团队依然忙碌在实验室中。只要结束了最后的药物实验，内源性抑郁症几乎可以彻底攻克，这是一件多么令人期待的事情啊！也是为了早日实现人类的这个理想，大家都一刻不停地做着自己的工作。

那是一个共同期待的结局！

实验室里，所有人都穿着白色的防护服，戴着大大的口罩和护目镜，这个时候如果不看各自身上的名牌，大概互相都不知道谁是谁。

“好紧张！好紧张！”

从某个防护服中传来了闷闷的声音，大家互相看来看去，谁也不承认刚刚是谁在说话。

“大家加油！结束了这一次实验，我们就准备去参加颁奖典礼了！我们一定可以的！”宋隽然的声音给压抑的实验室带来了一丝活泼的生机。“做完今天的工作，咱们今天去东来顺，怎么样？我请客！”宋隽然又添了一句。

霎时间，整个实验室爆发出了巨大的掌声，还夹杂着“宋院士万岁！”的喝彩声。

大概是宋隽然的“请客诱惑”，大家在一天之内完成了所有的实验。实验团队中的几个孩子围在瓶瓶罐罐旁期待着实验的结果。其实他们早已获得了诺贝尔奖的入场券，但这次实验若是成功，药物便可以满足理论上的要求结果，治疗成功率会比国际的要求还要高 85%。拥有了诺贝尔奖的入场券，他们大可不必再做这次试验，但实验员们的内心是知道的，他们不是为了诺贝尔奖，而是衷心希望人们健康。

“宋院士，您不紧张吗？”团队里小个子小声问道。“对啊对啊，您真的不紧张吗？”其他队员也问起了这个问题。

此时的宋隽然双手不住地颤抖，汗已经滴在了睫毛上，她浑身已经被汗水浸透了，她怎么可能不紧张呢？这次实验的意义对于她来说，实在是太重大了！可她还是努力压抑住自己的心情对伙伴们说：“嘿，不紧张！就算没成功，我们再努力不就好了！当然，我相信我们的专业水准！这一次一定会成功的！”

面对怎么也止不住的手抖，小姑娘连忙把手背住，接着两只手相互攥起来，可两只手还是不住颤抖。

啊，看来真是很紧张，很激动啊！

虽然宋隽然的动作很小，但还是引起了小个子的注意，于是连忙别头看了过去，“宋院士，您怎么了……”说着按住宋隽然颤抖的手，那手是实实在在地在颤，怎么按都按不住。“没事，激动。”宋隽然苦笑道。

“真不是因为那个？”

“没事，放心。”

实验室中再次陷入一片死寂。

每一个人的眼睛都死死地盯着自己即将要做的任务，整个实验室的时间似乎都凝固了。

取实验结果的时间到了，每个人的耳机里传来操纵间宋隽然的指令：“第四生物箱打开……检测机打开……额温枪关闭……氧气流量开启……十秒钟倒计时……准备取最终结果！”

宋隽然紧紧地攥住手，期待地看着每一个人井井有条的工作，每一个人用手势示意她一切就绪。

“……三、二、一，取结果！”

伴随着宋隽然洪亮的声音，团队里每个人立刻放下手中已完成的任务，一同奔向开始运作的打印机。听着“咔嚓咔嚓”的声音，每个人的心都不由自主地被提了起来。

“啪嗒”一声，打印机不再发出任何声音了。每一个人都知道，最终的结果就在他们面前的这张白纸下面。

但在此时，大家谁都不敢伸手。

“宋院士，您功劳最大，您来吧！”不知是谁小声地说了一句。

“对呀对呀，宋院士，您来吧！”其他人随声附和着。

“好啊，我来，但是我要纠正一点，大家的功劳一样大！”宋隽然谢过身边的同事，朝着那张纸伸出了手。接着她深呼了一口气，猛地将纸翻了过来。

她半眯着眼睛轻声念出了结果：

“第一数据过了，第二数据过了，第三数据过了……”在宋隽然的身后伸过来了七个大脑袋，大家都是既期待又紧张，想看但是不敢看。

“所有数据全部通过，我们成功了，这次数据成功了！”宋隽然穿着厚厚的防护服，激动地说着。

霎时间，整个实验室爆发出巨大的欢呼声。宋隽然的眼角有些润湿了。

这个结果她期盼了太久太久。和她一样，期盼这个结果许久的还有他。

实验室里的孩子们兴奋地跳来跳去，高声呼喊：“我们成功了，我们真的成功了，诺贝尔奖我们要来了！”

整个实验团队的人激动地抱在了一起，因为穿着厚厚的防护服，戴着大大的护目镜，没人看见此时的宋隽然已是泪流满面。

此时此刻，整个实验团队就像一匹飞奔的野马，向着他们的梦想奔跑，努力送给所有人一个满意的结局。

实验团队向着生物舱看去，里面的小白鼠已经被人工提取出了部分激素，此时此刻正欢乐地与同伴在一起玩闹。

实验成功了！那只已经被宣判了死刑的小白鼠在此时此刻获得了崭新的生命。

成功了！

真的成功了！

这是多么令人激动的一刻啊！

宋隽然看着刚刚为小白鼠静脉注射的液体。

想象过很多次制造出来的样子，无色液体？蓝色液体？紫色液体？但当这个液体真的实验成功时，那种震撼依然是无与伦比的！

无色液体安静地躺在试管中，安静地躺在烧杯中……这就是宋隽然自高中起就幻想的课题，这就是宋隽然自上大学起就开始研究的课题。这么多年的心血在这一刻正式成功，她的心情真是无比喜悦，无比兴奋！这个结果她等了十一年，而其他人等了二十六年。

“宋院士，说好的东来顺可不能少！”实验团队里的孩子起着哄。

“对对对，绝对不能少！我们的实验还成功了呢！”大家不再小声地说话，而是高声兴奋地说着。

“……”

“宋院士？”

“多棒啊！要是他能看见就好了！”宋隽然看向那些液体，她的眼睛亮晶晶的。

“谁？”

没有回答。

实验室的门再次打开了，但是实验员们的脸上只剩疲惫和兴奋，这个结果他们等了太久太久。

“大家下午都好好休息休息吧！晚上咱们再让宋院士请客。”小个子带着实验员们起哄，宋隽然笑得低下了头，“好，好！都先好好休息！晚上我来请客！”

望着大家打闹着逐渐走出科学院的大门，宋隽然扭头拨通了几个电话，但是她说的都是同一句话，“虽然迟到了，但是成功了，我们一定会去的！”

小姑娘抬起头，亮晶晶的眼睛里装下了整个世界。

宋隽然最终请了那顿东来顺，那天晚上充满了激动与兴奋，所以也没再有实验员追问那个问题。

“快来快来！”小个子率先走进包间张罗着大家入座，拉着宋隽然坐在东面，做拱手状，“感谢宋院士做东！”

这一举动惹得在场的所有人哄堂大笑。宋隽然也忍俊不禁，接受了这番“好意”。举杯庆祝之后，最年轻的小院士静静地坐下看着面前热腾腾的火锅，她感到了和十年前一样的热血沸腾。

“终于……成功了！我没有食言！”小姑娘眼含热泪，和一片祥和的热闹气氛十分不符，“我终于把这件事情做成了！他看见了！你看见了吗？迟到了 26 年，我终于把你医好了！”

一群“95 后”“00 后”的孩子，在此刻已然扛起了国家的大梁，换上了一身衣服，学着父辈的样子，继续走在新长征路上。宋隽然又何尝不是？小时候那个被称为“笨到不行”的孩子，此时能健健康康、平平安安地站在那里，又是经过了多少努力啊！

那群欢呼雀跃的孩子不知道，在台下举着话筒和相机的记者们也不知道。大概只有那两个坐在台下微笑的男士知道吧……

正如宋隽然自己说的：“如果没有他们，如果那个时候我没有遇到他们，如果我从来都不知道他们。那就没有现在的我了，我恐怕早就去和常斯礼喝咖啡了呢。”

出征诺贝尔

半年很快就过去了。

实验团队的身影常常出现在各种媒体上。

在电视台的录影棚里，伴随着激情又动听的背景音乐，宋隽然带领队员讲述着实验室的故事。

他们在实验室里伴随着灵巧又活泼的音乐为中小学绘声绘色地讲了一堂大师课。

他们在动物研究所里寄养了那只痊愈的小白鼠。

他们在礼堂里接受了高层领导的表彰。

时光飞逝。

终于新闻中说到了这样一条新闻：

“今天是 9 月 12 日，一个月后诺贝尔生理学或医学奖的得主将被揭晓。而由我们年轻的宋涵汐院士带领的科研小队正是候选者之一，这个小队的成员平均年龄不过三十岁左右，都是很年轻的科学家。那么他们是否能在这一届候选人中脱颖而出？如果他们能够成为这一届诺贝尔生理学或医学奖的得主，那么他们将要出席今年 12 月的颁奖典礼。至于结果如何，让我们拭目以待！”

此时此刻的实验团队还在紧锣密鼓地准备各项实验结果的复印件。

10月12日凌晨五点整，实验团队获得准确消息，小队将有资格出席两个月后的颁奖典礼。

这就意味着他们已经妥当地将2029年的诺贝尔生理学或医学奖收入囊中。可对于宋隽然来说，奖牌没有到手前，她什么也不敢确定，她仍然很紧张。

虽然还有两个月的准备时间，但宋隽然总觉得，登上诺贝尔奖的领奖台，准备多久似乎都不够用。

是啊，此时的他们光是到处举办讲座就占用了一半多的时间，留给他们自己真正准备的时间确实不多。这样一来，小队几乎没了闲暇时间，好不容易闲暇下来也只能泡在实验室了。

“宋院士，您说我们上台的时候穿什么好？”从开始实验就与宋隽然搭话的小个子问道，“西装？长袍？中国传统服装？”

听了这话，宋隽然猛地停下了手中的工作，回头郑重地对他说:“你说的是个问题，不论怎样，我们都要让世界看到，我们来自中国！”

宋隽然短小精悍的这句话，如一石激起千层浪，涤荡着每个人的心灵，在每一个人的心里泛起阵阵涟漪，接着便爆发出了热烈的掌声。

服装迅速备好，各个秘密文件统一保密留存，备份件全部准备齐全。该准备的备好了，该带的带齐了，小队的高光时刻就要来临了！

他们齐心协力，努力朝着共同的希望奔去，整装出发，前往斯威歌！实验团队这些年的心血终于有了不可思议的回报，赶往斯威歌的他们也终于可以稍做放松了。

虽然因为前一晚的准备，实验团队里的每个人都一脸倦容，可是当大家面对镜头时却又都是神采奕奕的。机场的安检口，媒体把镜头纷纷对准将要赴斯威歌的他们，宋隽然看着机场里来送她上飞机的熟悉面孔尽是感动。

两个男士正朝她摆着手，旁边站着的是熟悉的一家子，怎么就连那个梳着分头的男人也来了？可不只他们，还有很多很多宋隽然认识的人全来到机场送她出征。

宋隽然朝他们微笑挥手，“不用担心，等我回家！”

“小老大！”“涵汐！”两道声音一齐响起，宋隽然回头便看见两个身着常服的警察正呼唤她，青年警察摘下警帽朝她挥舞着，“小老大，别紧张！”

大概是见警察都说话了，机场一下躁动起来，每个实验员的亲属们都激动地嘱咐着什么，毕竟今天的他们要带着每一个人的美好祝愿，代表着祖国，出征斯威歌！

燕平时间 2029 年 12 月 11 日，在斯威歌首都斯德莫洛音乐厅内，实验团队整齐地坐在台前，等待着颁奖典礼的开始。

世界各国的记者纷纷围堵在斯德莫洛音乐厅附近，盼望着 2029 年的诺贝尔生理学或医学奖的得主走出来。记者们你推我搡，话筒挨着话筒，电线绕着电线，相机撞着相机，可是谁都不说话，眼睛死死地盯着音乐厅广场的大门。

宋隽然是很紧张的，她总是不停地看着手上的腕表，接着陷入沉默。

诺贝尔奖啊！多么神圣！

“马上了，还有十分钟！”此时此刻，作为礼堂中最年轻的诺贝尔生理学或医学奖的得主，宋隽然身着正装端正地坐着。整个实验团队衣着整齐，乍一看服装像极了西装，扣子却是中式的盘扣，衣服上散发着茉莉花的香味。宋隽然那次真的听取了小个子的意见，为团队队员私人定制了这套服装，既让世界知道了此实验团队来自中国，又让世界见识到了中国的魅力。

礼堂的装饰既有内涵又奢华，实木色的墙面，屋顶上的大吊灯，红色的地毯，玻璃窗上挂着清秀的窗帘。

正值秋天，橡木的味道与奢华的内饰衬托得整个颁奖典礼更加庄重。

典礼开始，颁奖的嘉宾站在礼台的正中央，为此次诺贝尔生理学或医学奖致辞：

“……目的在于表彰前一年在生理学或医学界做出卓越

贡献者……”

在场的每一个人都屏息静气，期待着颁布的结果。整个科研实验团队也牵动着远在千里之外的祖国，牵动着远在千里之外的燕平。

之前坐在科学院报告厅第一排的两个男士正视频电话聊着宋隽然；坐在后排的一家人也关注着手机里的最新新闻，希望能找到一些关于宋隽然的消息。

宋隽然太紧张了，因为她肩负着太多东西，恍惚间她又想到了前一天晚上的谈话。

“2015 年诺贝尔生理学或医学奖，中国有了一位得主。”前一天晚上，在酒店会议厅休息的时候，宋隽然对所有的团队成员讲起了往事，“我当年才 12 岁！不出意外的话，你们应该都比我大。我 2003 的！”

宋隽然悠悠地说。

所有团队成员也都坐直了身子，竖起了耳朵，相互交换着眼神。

“您当时就那么有把握这次能获奖？”

“没有，但是我敢说，如果没有他们，我不可能坐在这里，也不可能和你们一起进行实验！”做过太多的实验，看过太多的书，学过那么多的知识，宋隽然本以为自己已经将那段记忆埋没在了知识的海洋里。在这一刻，她才发现，自己不是想不起来，而是忘不掉。

远在祖国的人民并不知道，占据了他们整个内心的实验团队，现在无比安静。

“是谁？是不是您在记者发布会上说的人？”小个子又迫不及待地问。

宋隽然没有回答他，反而说道：

“我和你们不一样，你们从小就是最精英的学生，不论是在哪个行业上肯定都可以为祖国献一份力的！”宋隽然转头看着漂洋过海从祖国带过来的药物，又摸了摸戴在领子上的徽章，“可是我不一样啊，如果没有他们，我是不可能有今天的！”接着她抬起了头，“我会戴着这个去到颁奖现场。”说罢，指了指已经戴上的徽章。

“他们？徽章上的这几个人？应该就是您在记者发布会上说的人吧？所以您干这行也是因为他们？”

宋隽然终于点了点头：“如果不是他们，我绝对不可能有今天！”小姑娘顿了顿，“你们，想不想听听我的故事？”

“想！”

七个男孩不约而同地大声答道。

宋隽然微微一笑，一场大幕也在她的面前徐徐打开，里面放映着她这 26 年的生活……

一生传奇的严奶奶

1980 年。

几栋灰色的小楼。

但是你不容易猜到这竟然是一所小学，因为路过这里，你都能感受到一股低气压。

浓浓的低气压。

“厉家村小学，全市的小学排名前三。军事化管理，一个月回家一次。小升初自招、推优升学的升学率连着好几年都是全市冠军。”这些都是这所小学的介绍。很多人听到军事化管理都望而却步，然而即使是这样，还有很多人争着抢着挤破脑袋也要把自己的孩子往这所学校里面送。

几座灰蒙蒙的小楼堆在一起，像极了方方正正的盒子，密密麻麻的小窗户被怼在“盒子”上。总之，一点都不好看。在几座小楼的旁边，是一个小得可怜的操场，整座学校朴素至极。栏杆围着学校，上面立着一排带尖的装饰。

栅栏似乎将学校与世隔绝了。

你看不见里面有朝气蓬勃的孩子，茁壮成长的新芽……

从远处看，你很难想象这是培养了一批又一批成绩优异的学子的小学。

印象中的小学可能不漂亮，但是至少要充满阳光吧！

虽说老师们对于成绩差的学生是尽心尽力地提成绩，但是他们挂在脸上的鄙夷也是看得见的。他们平时对成绩好的学生那可真是春风拂面，他们平时对成绩差的学生那也是秋风扫落叶。这对于厉家村小学的一代代学生来说都已经成了一个不能说的秘密。

门口卖爆米花的小贩、理头发的大爷，甚至是车水马龙的街市，与学校里面严肃的环境形成了鲜明的对比。

听说经常有学生翻墙出去，又被乖乖地抓回来。

每当有人在学校门口探头探脑地看看，都会有保安不耐烦地出来。

“不让看，不让看！走走走！去去去！”

接着就把好奇的人轰走了。

话说回来，如果说这里是监狱，恐怕相信的人会更多吧！

消息栏里，本该贴着通知的位置换成了红纸打底的喜报，老师们的荣誉一一体现。

优秀教师、先进教师、优秀教学……

而这里面，有位名为严振华的老师获得的奖项尤为多。

“喂……”

一阵回声过后，操场边的大喇叭响了。

“下面有请严主任讲话！”

中年人缓步上台，目光凛然扫过整个操场上的老师和学生。

她就是一生传奇的严主任。

传奇一生的严振华。

宋隽然的奶奶。

没有人知道她会说什么……

人如其名，宋隽然的奶奶不是一般的严。

虽说严厉是好，但是过于严厉就会使人精神衰弱。

她已然习惯了打着“所有的一切，我都是为你好”的旗号来掌控这里，甚至她身边每一个人的生活。

在严振华的字典里没有“休假”这个词。她一直在忙碌，像一个陀螺。她爱学生，爱工作，甚至365天，她几乎都在学校。

日日披星戴月，在斗转星移中，她已然为学生操劳得白了头发。

她能把每个孩子都当成亲儿子和亲闺女，但是这孩子必须得是个根正苗红听她话的好孩子。

如果不是……

她也会用心去教，至于是不是亲儿子亲闺女，那就是另一说了。

你必须要承认她是个好老师。

严振华是年级主任，经常亲自代课。据说她亲手抓到犯错误的学生，可以铺满三个篮球场；她亲手刻过的卷子可以绕起整个地球。

但她何止是严呢？她已经成为自以为是的管理者了。

学生们总是悄悄地对着严振华指指点点，但谁也不敢去提意见。

严振华可是个能用眼神杀死人的人。

在这个学校里，严主任就像太阳一样，温暖照耀着学校每一个角落。每个教室都有她的专属位置，你不知道她会出现在哪一个学生的背后。她会站在教室后面，透过门上的小窗洞察每一个学生的一举一动。

她以她自己初中毕业就出来工作，并且打败了所有高学历的老师，成功坐上了主任的宝座为荣。

作为专管学习成绩的主任，她对于小升初考试的结果太自豪了！她经手的学生全能上重点。

但是外行指导内行这种事情，她做的也不少。她时常教导别人：“你以为你是谁呀？你觉得什么事情你都能干？”可是她自己却又觉得好似天下所有的事情，仿佛没有什么她不行。

她会指导学生打篮球、打乒乓球。但学生让她大展身手时，严振华又总是傲然地走过。

其实，她并不会。

一代又一代的学生从这个小学毕业，一批又一批的老师从这个小学离开，严振华常常站在操场上感慨……

她到底在这里工作了几年，恐怕她自己也数不清楚。

是啊！学生啊，老师啊，不过是厉家村小学的匆匆过客，只有她才是这个学校的国王。

妈妈不见了

2003 年 9 月 12 日早上 8 点 32 分，燕平，在玛丽医院，一个女婴呱呱坠地了，这个女婴就是宋隽然。听说这个孩子乖极了，不认生，谁抱都可以，也很少哭。就是……眼睛小得像两道缝，听说刚出生的时候只睁了一只眼睛，略微有点差强人意。但每每有人来看她的时候，就算她哭得正起劲儿，也会停下哭泣，她总会皱巴着小脸，努力睁着她那两只黑豆豆似的小眼睛，好似想要看清来者的面貌。

虽然眼睛小了点，但是眉清目秀，眼珠子还滴溜溜地转，再加上宽宽的额头，严振华还是很满意的。

“这是我孙女！我孙女！我一定要好好培养她！”说话的人，是严振华。“我会把她培养成世界上最好的孩子！她会是最棒的孩子！她会有最好的人生！”

听说是为了弥补年轻时没有好好培养儿女的遗憾，严振华看了很多书:《教育孩子好方法》《三岁以前是关键》《幼儿园前教育》《怎样培养好习惯》……

虽说是个女孩子，但是终归是有后了，她太爱孙女了，她觉得孙女整个人都是她的。

没错，她觉得孙女整个人都是她的！她要为她规划出最好的人生！

宋隽然的一切已经被安排好了。

兴许爸爸妈妈会护着，但对于小姑娘来说，她能做的只有服从，即使是训斥后的皱眉、倔强地握紧小手。

她也只有服从的份。

谁让她的奶奶是严振华。

然而，一切的一切都是在宋隽然两岁半的时候改变的。

至少在那个时候起，妈妈不能护着她了。

在宋隽然两岁半的时候，“妈妈”这个名词突然在她的生活中若隐若现。其实以她两岁半的年纪，她并不能明白为什么妈妈突然不见了，为什么一会儿又出现了？

为什么她不能一直在自己的身边？

为什么奶奶不让提妈妈？

为什么明明自己有妈妈，可身边的很多人却总是一遍遍地告诉自己：你妈不要你了？

一切的一切一直在她小小的脑袋里不断回荡。

时间不会因为出现事情而停止，宋隽然慢慢长到了三岁半。她还没有想通两岁半的问题就有了更令她无法理解的事情。

为什么奶奶总是在训斥自己？

为什么姑姑生了小弟弟之后只要单独和小弟弟在一起，小弟弟一哭就是自己的错？

为什么小弟弟比自己先睡着奶奶就会说她傻？

为什么奶奶总是在夸奖小弟弟？

……

有的时候她也会想：这个时候如果妈妈在，就不会这样了吧？

妈妈在，奶奶一定会对我像对弟弟那样好，至少就不会老说我了。

“难道奶奶喜欢小弟弟？”虽然小小的她还没有争宠的概念，也没有争宠的想法。但是这么多的问题穿成了一串，她并没有得到别的答案。

“一定是小弟弟太小了，而且他又很可爱。”三岁半的宋隽然肯定了自己的答案。

可紧接着她又皱起小眉头。

因为她想不通，自己不调皮，不捣乱，而小弟弟不会说话，只会哭，为什么大家会更喜欢他呢？

这一次，她不甘心地望着小弟弟，却没有得到任何答案。

照相馆里，宋隽然的妈妈带她照了相片。宋隽然小小的眼睛里写满了大大的疑惑。

“妈妈，你一定要回来接我，你要早点回来，你一定要早点回来接我！”

小小的女孩把手拢成喇叭状，对着妈妈喊。

虽然她不知道妈妈到底听见了没有，但至少能有一个人让她喊“妈妈”，她能觉得自己不是一个没有妈妈的孩子。

宋隽然不想告诉妈妈，奶奶天天说她不好，她也不愿意告诉姥姥、姥爷。

三岁半的孩子不知怎的竟有了这个意识，她是怎么明白维护家庭和谐的？

谁也没有告诉过她。

她只是……

单纯地想要一个和和睦睦的家吧……

“我要保护妈妈，也要保护奶奶，我不愿意妈妈和奶奶打架。”

在宋隽然的视角里，妈妈是不可能打架的，但是奶奶有可能，若是动起手，妈妈可不是奶奶的对手。

只是，妈妈的迟迟不回来也引得宋隽然警惕起来，“你妈妈不要你了”这句刺耳的话，再次回荡在耳边。

“不对不对！”小姑娘捂着耳朵晃着脑袋，“我妈妈没有不要我，她一定是去看望姥姥、姥爷了！”

阳台上，宋隽然小小的身影常常趴在上面向远方眺望，她始终相信妈妈没有不要她。

“可能喜欢妈妈的人太多了，所以如果我要去看她一次，就要走很远。”小小的她虽然并不能理解妈妈为什么不见了，但是在宋隽然小小的脑袋里，早早地就刻下了这样一句话。

她原本就晕车，所以那一段路程对她来说又长又远，她要看到不断后退的公路，不断后退的房屋，不断后退的烟囱，不断后退的水沟才能到达她与妈妈相见的地方。

一去一回，宋隽然要在路途中停下四次来缓解晕车，但是她觉得能见到妈妈都是值得的。

因为那是妈妈。

因为，就算所有人都在说妈妈不好，那也是永远不能讨厌的妈妈。

三岁多的年纪，宋隽然早早有了自己的想法，因为每每家里来亲戚，严振华总要跟前来拜访的人讲上一通关于“妈妈”的神奇故事，宋隽然虽然不明白妈妈到底做了什么不可饶恕的事情，但是也知道妈妈肯定是做了什么所以才不能回来。

可爸爸不在家，她什么也不敢问。

大家以为她不懂，其实她全都明白。

小孩子不过是小而已，其实什么都是懂的。

每次听完严振华讲的故事，总会有几个人瞪大眼睛装作惊奇的样子对宋隽然说：“你知道吗？你妈妈她不要你了！”刚开始宋隽然还会害怕，还会觉得那些话就像小刀一样，“咔咔咔”地直刺着自己的心坎，但是后来听多了，她也就无所谓了。而那个时候来人也总会和严振华一起对她说：“奶奶养的你，你要懂得感恩，你必须恨你妈，知道吗？”

彼时才三岁多的宋隽然已然懂得了应该怎么回答：“嗯，我知道，我恨她。”但是她总会偷偷地瞪起眼睛，背起小手比作枪的样子，心里默念着：

“啪啪啪，我爱妈妈。”

“你们说的不对！妈妈只是还没回家！”

从那一刻起，宋隽然的心中坦坦荡荡，三岁多的年纪仿佛就已经看透了一切，她仿佛什么也没有了。

爸爸最爱你了

“爸爸说，妈妈会一直爱我的。但是我觉得他们在骗我。”厕所里，宋隽然沾着水在镜子上写下了这样一行字。“奶奶又说，妈妈不要我了。大人真奇怪，可能我表现得不好或者不听他们的话，他们就都不要我了吧。”小姑娘站在小板凳上想了想，又沾着水写下了这样一行字。接着她叹了口气，蹦下了小板凳，回到了自己的书桌前。

不知道从什么时候起，宋隽然养成了这样一种习惯：把自己不开心的事情用水写在镜子上。

而且一直到现在，她都保持着这样一个奇怪的习惯。

严振华刚收拾完家里，走来检查宋隽然的作业，接着发现了一道错题，神情开始变得古怪。

“你干什么吃的？这么简单都会错？是不是傻？”

宋隽然吓了一跳，但是她什么也没说，赶紧坐在自己的桌子前面努力地修改。严振华在一旁劈头盖脸地对她就是一顿骂，她其实有些习惯了，自己已经六岁了，这样的生活，自打有记忆起就有了三年。

严振华骂够了，看着她慢慢写出了正确的答案，满意地走了。宋隽然松了口气，拿着铅笔在草稿本上画圈圈。

月光之下，铅笔在草稿纸上留下了一圈又一圈的痕迹，你仔细看，能看见她写满了委屈。

30 年前，同一个月亮下，也是一个小男孩。巧的是，他也在用铅笔画圈圈。接着他看见了朝着自己走过来的母亲，赶紧用作业本盖上刚才在桌子上画的圆圈。一边听着母亲的训斥，一边假意承认自己的错误。这样的生活他也过腻了……

他也是个平凡而不平庸的人，他叫宋熠文。不过非常戏剧性的是，这个小男孩后来当了宋隽然的父亲。

听说宋隽然出生之前，他就曾经跟哥们说过："男人太累了，以后我就想要个小姑娘。"

小学一年级放学了，宋隽然背着书包走着，她拐过街角，迎面看见了拿着雪糕的宋熠文。

"爸爸！"宋隽然一阵兴奋，接着蹦蹦跳跳地跑过去接过雪糕。她知道爸爸是医生，她也知道爸爸非常忙，所以每次与爸爸在一起的时间她都会好好珍惜，不论是爸爸回家，还是她去医院。

宋隽然是很喜欢去医院的，因为那里有爸爸的味道，她很喜欢看爸爸穿着白大褂的样子。在宋隽然的眼里，爸爸的白大褂是最漂亮的，虽然早已因为岁月冲刷得泛黄，但这并不影响宋隽然飞奔着扑进爸爸怀里。

只要她闻见那熟悉的碘酒味，她就是安心的，那有点刺鼻的味道就是宋隽然安全感的来源。

“上小学感觉怎么样？”

“和老师同学关系好吗？”

“奶奶怎么样啊？”

“……”

宋熠文一下问了很多个问题。

“嗯……觉得上小学很好玩！和老师同学关系也挺好的，老师还表扬我了呢！奶奶……身体还挺好的，但是她老说我。”宋隽然大大咧咧地回答着。巧克力皮舔光了，露出了里面的奶油，宋隽然专注地吃着手中的雪糕，全然没有注意到爸爸的异常。

宋熠文听了这句话，脚步顿了一下，但还是尽量以柔声回问女儿：“可不可以告诉爸爸，奶奶说你什么了？”

听了这话，宋隽然任由奶油逐渐融化，小姑娘看向爸爸。接着她想了想，又看向手中雪糕的榛子仁大咬一口，说道：“奶奶说妈妈不要我了，然后又说我干什么吃的？这么简单都不会？是不是傻？所以我就想，如果我不听话你们就都不要我了？”

小姑娘说这句话的时候语气很是平静，似乎只是在讲述一件与自己无关的故事，但是她低着头。宋熠文虽然看不到女儿的表情，但从来好脾气的他只听这话便已经火冒三丈了。

“奶奶说的不对。”斯斯文文一直认真听女儿说话的宋熠文突然提高了声音，“你很聪明的，而且就算你不听话爸爸也会要你的，爸爸最爱你了！”

宋熠文确实是个妥妥的“女儿奴”。

他会给予孩子适度的宠爱，他给孩子一个娇生却不惯养的环境，他给孩子做了一个榜样。

除去这些，他还有一个高大威猛的身材和一个着实漂亮的脸蛋。

即使是年过半百的宋熠文，也依然是一个帅气又迷人的魅力老头。

对于宋熠文，大家的评论往往都是：“围上白围巾就能跑去上海滩了。”

在宋隽然心中，爸爸就像一本百科全书。

不对，准确地说就是一本百科全书。

宋熠文的脑袋就像是燕平的地图，哪里都认识；宋熠文好像什么都会，而且像个魔术大师。

宋隽然今天想要的仙女棒，过不了几天就能出现在爸爸手里；想喝的动漫人物的饮料，不过一会儿就能开始品尝……

为了增长孩子的见识，宋熠文一有时间就带女儿周游燕平各地。

确实是由于严振华的严格管理，祖国各地、世界各地虽然周游不了，燕平各地还是周游了的。上至博物馆步行大街，下至超市小公园，只要和爸爸在一起，宋隽然就觉得是世界上最幸福的孩子。

虽然爸爸有很多地方和别人的爸爸不一样，别人家都是听爸爸的，自己家却是听奶奶的；别人的爸爸会邀请孩子的同学来家里玩，自己家却不行……但是宋隽然觉得，能把白己放在肩头的爸爸，就是世界上最好的爸爸！

她已经忘记了自己坐在爸爸肩头看过多少次日落，也不知道自己曾有几次在爸爸宽厚的背上安心睡去……

她觉得自己就是一个幸福又幸运的孩子。

因为她有一个很爱很爱她的爸爸。

世界就在眼前，宋熠文带着女儿走出去，宋隽然就见识到了这个世界。

虽然宋隽然很少能真真正正地走出去，但是有宋熠文在，他总会给女儿带来不同寻常的教育。

他们看不了北国的雪，那就去自然博物馆探秘雪从何来；他们看不了姑苏城外寒山寺，那就去地安门外寻找百花深处到底在何方；他们看不了西湖的断桥有多美，那就去天安门前的金水桥边给武警战士和国旗敬个礼……

和爸爸在一起，怎样都好。

在宋熠文的呵护下，宋隽然是逆境里顺风成长起来的娃娃。

“读万卷书不如行万里路，女孩子从小见过世面，见多识广，那么她的理性分析能力和判断力就会强，接受新事物比较快，考虑问题也会比较全面。”

这段话是别人告诉宋熠文的，他也真的照做了。

宋熠文不断地思考着什么样的情景，女儿未来会遇到。他深深地明白，只有自己给予女儿更多的爱，女儿将来才不容易上当受骗。所以令很多人意想不到的是，他会做饭、扎辫子。

在墙上画画，是孩子的天性。

有一次，宋熠文发现女儿在家里的墙上乱写字、乱画画，他并没有责怪孩子，或者说“你下次别在墙上画了”。他本想着就让这些留在墙上，作为女儿童年的记忆。结果宋隽然被严振华大力训斥，但其实细细看来女儿画的有猫和老鼠的影子。

作为孩子爸爸的宋熠文，虽有怨言，但也确实不敢提。严振华照顾着一家老小，脾气又十分急躁，只好随她去。

孩子很憋屈，宋熠文更是憋屈。

然而，只要逃脱严振华管控的父女二人，总是那样愉悦。不论是学还是玩，两个人都能探讨出一番天地。

14 岁的纪念礼，学校组织每个同学的家长要送给孩子一份珍贵的礼物。放眼望去，孩子们收到的礼物都是五花八门，名牌鞋子、限量款衣服、相机……

宋隽然收到的是个木盒子，打开便能看见礼物。

会是什么呢？

她有点激动，又不敢打开。

前几天晚上她突然有种强烈的预感，爸爸是不是要送我一套刀？

手术刀？

宋熠文是医生，买一套手术刀并不是什么难事。

宋隽然左思右想。

她强烈地觉得，这一次收到的礼物一定是手术刀之类的用具。

她激动地打开盒子，几个字赫然映入眼帘——小动物解剖器械。

这是只有宋隽然和宋熠文才能拥有的独特的心灵感应，14 年来两颗越贴越近的心，以及宋熠文对宋隽然细腻又深沉的父爱。

他真是一个不同寻常的好父亲。

宋隽然收起激动的心情，紧张代替了所有。

小姑娘小心翼翼地拉开拉链，十把用具排列整齐，她认识的、不认识的用具一应俱全。

在很多人眼里，这就是一套散发寒光的手术工具，可是在宋隽然眼里，这是爸爸送的最不可思议的礼物。宋隽然的想法，宋熠文往往都是最明白的。

大概是这礼物散发着独特的父爱，身边的同学们一下聚集过来，看着这个特殊的礼物。

“快来看！这是我爸爸送我的手术刀！”小姑娘正在高声炫耀，“这是我爸爸送我的礼物！我爸爸送的！”

围过来的同学们很是好奇。

“可以看啊，但是不要摸，手术刀很锋利的！”小姑娘看起来很懂的样子，“小心啊，那个钩子和针也是很锋利的！”

“你这礼物挺别致。”班主任哭笑不得，幽幽地飘来一句话，“你爸爸真不愧是个医生。”

同学们看着这礼物也着实摸不着头脑，“你爸妈这是什么意思？寄来一套刀具让你自己解剖自己吗？”

“我明白了。”

“明白什么？”

“我爸知道我想当警察，但是那些用具又大又不好集齐，他肯定希望我从法医先入手。”小姑娘露出遗传自父亲的清风明月般的笑容，自豪地向身边的同学炫耀。

盒子旁放着宋熠文留的纸条：手术刀锋利，注意不要弄伤手。

长大后的宋隽然不止一次对身旁的朋友们分享过：“这一辈子，能成为爸爸的孩子我不后悔。我奶奶确实很令我难过，但是只要有我爸爸在，我就不后悔。”

而宋熠文也经常说：“我希望女儿见识广、勇敢、善良、开心快乐。”他不崇尚快乐教育，但他也不认为传统教育完全对；他不觉得女儿是最完美的孩子，但他觉得女儿是最棒的孩子。

我不喜欢小弟弟

“你没有你弟弟好！”

这句话宋隽然从小听到大，说实话，她都习惯了。

“哎哟，我们弟弟真棒！这歌唱得真好！哎哟，还会跳舞呢，真棒！”

“哎哟，弟弟朗诵得真好，真有感情！”

“弟弟太棒了，来，弟弟再给我们表演一个！”

宋隽然在家的时候经常听到严振华这样的表扬。但显然，被表扬的不是她。

一般情况下，她听到的都是……

“你这孩子怎么回事啊？怎么这都想不明白啊？”

“这听不明白是吗？我再给你讲一遍啊，你再记不住你今天就别吃饭了！”

“你这孩子，你想让别人管你叫臭狗屎啊，你怎么那么笨呢？吃屎都吃不着热乎的！”

显然她这个姐姐做得真的很失败，完全没有树立起威信。

不过她真的已经习惯了。

不就是一句表扬的话。

严振华这里得不到的，她都会从外面一一拿回来。

不在家里的宋隽然是神一般话痨的存在，见过她的人都说她是个搞销售的好苗子。

可她不过是想把在家里积攒的怨气全都说出去啊！

她不管，她要在外面受尽表扬。

“大家都表扬我，我也是个特别好的孩子，我不比弟弟差！”每每有人表扬她的时候，宋隽然都会这样骄傲地想，“弟弟肯定没有这么多人表扬，他只有家里人夸，我在外面大家都夸我！我比弟弟棒！”

宋熠文确实是个好爸爸。他了解她，可医生的工作性质注定了他不能经常在家。

宋隽然不怪他，可宋隽然总是拄着小脑袋想事情。

一开始，宋熠文以为女儿是希望他多陪伴，可渐渐地宋熠文发现并不是这样，自己就算陪在女儿身边，她也总是这样一副表情。

“这孩子是怎么了？”宋熠文的脑袋里也开始画问号了，“若是受人欺负，会是这样吗？”在这样一个严管的家庭里，宋熠文也算是半个妈宝男，抱着“老人那么大岁数了，也不容易”的态度，从不与严振华发生正面冲突。但是他渐渐发现宋隽然发呆的次数越来越多了。

“爸爸，奶奶更喜欢弟弟。”

十岁那年，宋隽然对宋熠文说出了这句话：“刚一开始我以为只要让着弟弟，让弟弟一直高兴，奶奶就会对我和弟弟一样好，后来我发现奶奶就是很喜欢弟弟。”

宋熠文听了之后真是一脸懵圈，但还是继续不露声色地听女儿说下去。

“我四岁的时候就会把自己的玩具收起来，弟弟现在还不会，只要收一个，奶奶就不停地夸他；我七岁的时候就能自己去超市了，弟弟现在还不行，下楼倒个垃圾奶奶都夸他半天；所有的东西我必须分他一半，他都不用分给我；我的东西只要他想要，就必须给他。”十岁的宋隽然牵着爸爸的手，明明还在小时候的她，真想回到更小的时候。这也是听过“不平等待遇”之后的宋熠文，最无能为力的时候。

他什么都做不了。

论孝敬母亲，他不好违背母亲的意愿。

作为兄长，他也不好说外甥怎样。

他气愤又无奈。

因此在她的家里，你经常会看到这样的画面：小男孩捶胸顿足称王称霸；小女孩都不理他，在一旁自己干自己的事；老太太顾着给小男孩喂饭与称赞，无暇顾及小孙女。

宋隽然已经习惯了，她从三岁半起就已经开始尝试自己照顾自己了，可她只不过是一个小孩。

总是被忽视掉的小孩。

呵，不重要，家里人喜欢弟弟，那就随他们去吧。

宋隽然学会了在弟弟耍脾气的时候做一个安静的背景板，和弟弟喜欢同一样东西时主动让出来，自己和弟弟只能有一个机会时自己先放弃……

在餐厅里，宋隽然没有什么点菜的机会，毕竟弟弟才是主角，弟弟可以点任何菜，她只有说“我不爱吃”的分。

而她面对的是自己最爱的海鲜面。

她怎么不爱吃？哪个孩子不喜欢吃自己喜欢的东西？

她必须这样做的原因，仅仅是因为每当她不愿这样时，严振华会不断告诉她，“你是姐姐，要让着弟弟。”

她回家后转头告诉了宋熠文，没过几天宋熠文就带她又去那家餐厅吃了一次，吃了一次她最爱吃的海鲜面。

那是她永远也忘不了的味道。

爸爸的爱。

然而总是会有令宋隽然头疼的时候。

七八岁的宋隽然一脸愁容地望着自己面前的小男孩，明明自己比他大三岁半，可是他却总把自己搞得手足无措。

小姑娘忧愁地把手拍在脑门儿上。

“唉，今天少不了一顿臭骂。”宋隽然无奈地摇了摇头，把手中的乳牙收起来，“唉，我真的不喜欢小弟弟。”

宋隽然有个奇怪的习惯：收集乳牙。

她应该是同龄孩子里掉牙比较晚的。“本来掉得就比人家晚，还不好好收着。”七岁的宋隽然想法很简单。

“如果不是刚刚掉了一颗牙，恐怕小弟弟也不会哭吧？”她站在一旁思索着。

原来是不到八岁的宋隽然又掉牙了，她有一点欣喜，毕竟别的小朋友幼儿园还没上完就开始掉牙了，宋隽然第一次掉牙时已然上了一年级。虽然掉牙比别人稍晚一些，但好在速度还是挺快的。紧接着她爬上床，踮着脚去够柜子上的小盒子。盒子里面有一个胶头管，她把所有掉下来的牙都放在那里面了。

“呼……”小姑娘松了一口气，她仿佛使了全身的力气终于够到了她想拿到的东西，她刚想把掉下来的牙放进去，突然从边上伸出一只“佛山无影脚”。

几颗乳牙散落一地，有的还摔碎了。

“弟弟你干什么呀？你把姐姐掉的牙都弄碎了。”宋隽然站在床上有些气愤地跺着脚。

弟弟在旁边朝她做着鬼脸。

宋隽然还能怎么办？这个小弟弟在他们家可是老大，有姑妈的宠爱，姑父的溺爱，奶奶的庇护，若是被宋隽然弄哭了，肯定免不了一场臭骂。当即小姑娘决定不理他，自己去捡地上的乳牙。她趴在床上慢慢地捡，有一颗小牙掉到了墙边，怎么都够不到。宋隽然一急，跷起了小脚。

“太好了，捡到了！”然而同时爆发的，还有她那小弟弟的哭声。原来宋隽然跷起脚的时候，弟弟想去拍她的脑袋，结果刚好被宋隽然踢中了。

小姑娘站起身，有点不知所措，接着恢复了往日的神情。

“呵，反正今天肯定要被骂，随他去吧！”宋隽然摇了摇头，把手里的乳牙放回胶头管又放进小盒子里。

不出预料，她当晚果然被骂了。不止如此，她收集的乳牙也被没收了。

“你看看，你是姐姐，你怎么不知道让着弟弟？你不就为了捡那几颗破牙吗？你就不会站起来捡啊？留着那玩意有什么用，一会儿我就给你扔了。”宋隽然已经镇定了，她静静地听着严振华的训斥。此时的严振华怒不可遏，满脸通红地教训着宋隽然，“他是弟弟！你就不会哄着他啊！”老太太唾沫横飞地讲着，宋隽然的心里已然翻起了大大的白眼。

反正我的东西已经被收了，爱怎么样怎么样吧……

小姑娘自然是不服气，在她的心里已经慢慢生出了一个儿童的“复仇计划”。

刚上学的时候因为与弟弟发生过矛盾，宋隽然掀过小男孩脚下的被单，那一天她虽然没有逃脱被骂，但是心里的快感油然而生。

你以为她不内疚吗？她其实内疚了好久。

后来，她往严振华的茶叶里倒过花露水，但是又良心发现就把茶叶全扔了，那一天她也产生了愧疚。

但这一次，她忍无可忍了！

她不明白，凭什么弟弟可以做的事情她不可以？她不明白，凭什么弟弟可以得到万千宠爱，自己没有？她不明白，凭什么弟弟所有的特权在她这就都不行？她不明白，凭什么自己要那么听话？她更不明白，凭什么自己大就要让着弟弟？

明明我也才七岁啊！

小姑娘愤愤地想着。

当家里人在睡午觉的时候，宋隽然独自起床了。她悄悄藏起了弟弟的玩具，藏起了严振华的遥控灯，藏起了很多东西。接着看着严振华围着因找不到玩具大哭的弟弟不知所措时，她痛快极了。

父母及家庭成员的偏心，会给家里的老大带来不可逆转的伤害，宋隽然虽然有宋熠文的庇护，但也是众多被伤害的老大中的一个。

“我的奶奶呢，是很喜欢弟弟的。虽然他是表弟，虽然他是外孙。”宋隽然回头对着大家说，“她就觉得弟弟聪明，我不聪明。她觉得弟弟比我聪明多了。”小姑娘的表情并不愠怒，“她时常跟别人说，小的比大的聪明多了。甚至是当着很多我敬佩的人。”宋隽然并没有气愤，反而不屑又好笑地讲着，“但是她可能忽略了一个问题。”宋隽然眨着眼睛，“我弟弟，是从小补课补起来的，但我不是……”

“我是我爸爸带起来的！”

当家做主的奶奶

“自从妈妈不见了，奶奶就干起了家里的所有事情，我可怕她了，因为不论什么事情都要听她的，很多时候连商量的余地都没有，真奇怪！”宋隽然九岁多的时候，在日记本上写下了这样一句话，“奶奶是我的亲人，我必须得爱她！但是我一点都不喜欢她。”

一辆银灰色的雪铁龙凯旋轿车在立交桥上行驶着，车子灵巧地拐弯，最后停在了一栋建筑前面。

车子载着严振华来到了一家起名会所前面。她觉得“宋隽然”这个名字不好听，又绕口，而且也不像个女孩子的名字。于是，在严振华的强烈要求下，宋熠文只好带着她来到起名会所给宋隽然改名。那时的宋隽然并不知道，这个自己已经用了近九年的名字因为“妈妈不见了”这个导火索，已经用到头了。

“我猜大师一定对奶奶说，千金的生辰八字已经算出，从这几个名字里挑是不会错的。”宋隽然接着写下了这样一句话，“大富大贵我不敢说，平安无难还是可以的呀。”宋隽然学着电视剧里的台词，小声说道。

果然，虽然话不相同，但是意思肯定也差不多。严振华通过大师给的取名册，在很多很多的名字中，来来回回挑来挑去。最终，给宋隽然换了一个新名字：宋涵汐。

对于严振华来讲，孙女应该从头到脚由她包办，只有这样，宋隽然的整个人才能完完全全属于她。

“从今天开始，你不叫宋隽然了。”不到十岁的宋隽然被严振华吓了一跳，但又害怕严振华会训斥自己，便还是正正经经地立正站好。“起名大师说了，你命中缺水，所以你脾气暴躁，老是顶嘴。我就说嘛，你的火就是太多了！老是跟我顶嘴，老是跟我拧巴！”这一通话可把宋隽然说得莫名其妙，于是耐不住性子张口说道：“我……”

“奶奶似乎永远分不清解释与顶嘴，只要她说不过我了，她就说我不虚心。她还不让我哭，可是她却总是在我面前哭着诉苦。她可真是太奇怪了！”宋隽然后来在日记本上写了这样一段话，还狠狠地画了个叹号，“我觉得不虚心的大人明明是她吧！难道她就没有解释过吗？”

“你看看！”严振华怒目而视，“我就说你顶嘴吧！”接着就把刚刚说了一个字的宋隽然吓得低下了头。严振华似乎很满意这种效果，继续说道：“我告诉你，我可都是为了你好！你能有我懂得多吗？我告诉你，我走的桥比你走的路都多，我吃的盐比你吃的饭都多！你这孩子，还不虚心！我比你多活了那么多年，我能害你啊！我可必须得拿水，灭灭你那火！我告诉你，你给我听好了！从今以后你的小名就叫涵涵了，知道了吗？”

此时的宋隽然哪敢说不？连忙小鸡啄米式地点头。

“回答我！”随着严振华的声音越来越大。宋隽然索性闭上了眼睛，“我知道了，以后我的小名叫涵涵，我的大名叫宋涵汐！”

宋涵汐。

至少截至宋隽然奔赴颁奖典礼，她还是很不习惯这个名字，面对着自己最好的朋友，她更愿意让人家唤她一声“宋隽然”。

在她眼里，宋涵汐不过是一具躯壳，宋隽然才是她自己。

也是因为如此，长大了的她也经常跟身边的同学说：“小的时候奶奶总嫌这名字不好听，又说缺水，非得改成两个带三点水的字。说实话，有的时候真是别扭，好像叫的不是我，是别人一样。”

宋隽然是个典型的外面的大姐大，家里的小怂包。在严振华面前的宋隽然，经常眼神空洞，木然地坐着，心事重重，与她在外面阳光、快乐、开朗的形象判若两人，奶奶面前的她，是无论如何也不能展露自己真实面貌的。

在家里的任务，是如山海般地潜伏；在外面，才是阳光下成长。

“这可是一个能令你脱胎换骨的名字！”严振华抓着宋隽然。可宋隽然又怎么敢反抗？即使是千般万般的不情愿。

爸爸……

她明亮的眼神早已黯淡，她把最后的希望寄托在宋熠文身上。

你一定要记得我叫宋隽然啊！

严振华在场，宋隽然是无论如何也不能把这句话说出口的，她的心里不断重复着这句话，想要与宋熠文约定些什么。

她颓然了。

这，不是我。

灯火阑珊中，严振华将一个新的名字推给了宋隽然。然而她不断地想着自己原来的名字。

我叫宋隽然，我叫宋隽然！

小姑娘努力重复，她想永远记得，永远不忘。

她不想忘记这个爸爸妈妈共同赐给她的好名字。

眼前的严振华已经等不及了，她要带着这个在她心中只属于她的孩子走向她心中最光明的未来。

恐怕以后再有人叫我，叫的就不是宋隽然了吧？这个名字恐怕要被人遗忘了……宋隽然一遍又一遍地想着。

名字是父母对孩子美好的期盼啊，为什么一定要改掉呢？宋隽然想不通，她还在回头看着自己的旧名字，想着那一段好像怎么也想不起来的往事。

她知道她没有忘，但一定要装成忘了的样子。

装久了，她却真的想不起来了。

她不断回望那个她叫了将近九年的名字，目光恋恋不舍。

若不是一定要改，她也不想改。

那个她一直在等待的妈妈，也不会叫她的旧名字了。

严振华强行捉着宋隽然的手，把她推进了新的名字，新的角色。

在璟南省发生的意外

严振华的身边离不开孩子。

宋隽然不明白她明明更喜欢弟弟，为什么还要时时刻刻拽着自己。

然而，跟着严振华又哪有那么多为什么？

“这个暑假我们去璟南省吧！”宋家老二宋稷文张罗着。

听名字，你一定会以为这是一个男人，但她其实是宋隽然的姑姑，“小魔王”的妈妈。

小魔王——宋隽然给弟弟起的外号。当然也只有她才这样叫。

“去去去，咱们都去！涵涵今年也10岁了，也该带出去见见世面了！”严振华岂能放过这种好事情？

其实宋隽然并不明白，为什么严振华更喜欢男孩子却总是要求宋稷文花钱出行。总之，似乎是一个愿意给，一个愿意接。

“我肯定去不了，我有事儿。”说话的人是宋熠文。作为医生的他不管平日还是假日都忙得四脚朝天，所以他确实有事去不了，而且几乎次次的旅行他都不去。宋熠文不去，宋隽然就不想去。

不过她不想去也没什么用，严振华让她怎么样她就得怎么样。

宋隽然显然又要有很长一段时间跟严振华待在一起了。

而璟南……又是个离燕平很远的地方，璟南在中国的西南面，燕平在中国的东北面……

更何况去璟南还要办理通行证……

在宋隽然的心里，璟南真是个遥远的地方。

其实比起跟小魔王在一起，宋隽然更讨厌和严振华在一起。

小魔王闹归闹，但是只要被宋隽然的手机吸引，小魔王也会变成一个“小萌王”。

时间不会随着宋隽然的讨厌而停止，几个人还是去了璟南旅行。

旅行团的车上，宋隽然正看着关于璟南的书，她听说下一站要去一个叫作玫瑰园的地方。

在这辆车上，她好像确实比别的孩子早熟一点，与她同龄的孩子都在玩电子游戏。

全车的家长都将赞许的目光投在宋隽然身上，接着嫌弃地看着自己的孩子。

严振华满意地凝望着孙女，露出骄傲的笑容。

有几个家长拍了拍严振华:“奶奶，这孩子是您带大的？”严振华回过头骄傲地向他们讲起了育儿经。她与宋稷文一唱一和，宋隽然有点无奈。

“算了，随他们去吧。”

一个胖胖的女人坐在窗口，正对着自己的儿子小声说教，接着对严振华羡慕地说："您家这孙女肯定是个聪明孩子。您看这路上有点工夫就自己看书，不像我们家儿子，没事就玩游戏。"

她儿子猛地从旁边座位抬起头，愤愤地反驳道："如果不是你老看手机，我干什么玩游戏啊？"

"人家妹妹还比你小呢，哪像你，一天天的，就玩游戏！我还说错了？你什么时候看过书啊？"女人拉下脸来敲了儿子头一下，立刻对着严振华乐道："您这孩子这么聪明，是怎么教出来的呀？"

"没有没有，我们家这笨着呢，轴着呢！"严振华谦虚地说着，脸上却写满了骄傲。

宋隽然看得有趣，不禁微微一笑，忽然觉得身子一晃，大巴车停住了。

"走了啊，走了啊！咱们下车，景点到啦！"

导游从最前排站了起来，把他的旗子挂在伸缩杆子上指引着车上的人下车排队。

宋隽然抬头看了一眼，推了下眼镜，夹着书下车了。

宝岛璟南。

他们从车上下来后要去的地方是一个叫玫瑰园的地方，听说那里还是名人故居。

宋隽然夹着书环视四周，她见到了和燕平完全不一样的树木和房屋。

"原来这里就是玫瑰园呀！"宋隽然伸了个懒腰。

“爱学习也得看地方吧，出来玩还拿什么书啊？在车上看看就行了！”严振华不由分说地收走了宋隽然手中的书。

“可这个是介绍景点的。”宋隽然小声地解释。

“哎哟，都到了，还看什么介绍啊！好好看看实地就行了。”

宋隽然没再说什么，她知道说不过，所以她只是默默跟着旅行团走进了玫瑰园。

“涵涵过来，到这棵大树底下，让姑姑给你照个相！”严振华大声吆喝着。宋隽然小跑两步，走到树下。“背着身照吧！背着身好看！”严振华指挥着宋隽然让她转过身去。

“弟弟呢？”宋隽然看看周围，“弟弟不会跑丢了吧？”“他没丢，他跟别的小孩一起玩呢！”宋稷文催促着，“赶紧站好了，我给你照。”

“哦哦。”宋隽然连忙转身。

估摸着应该差不多了，宋隽然连忙喊话。

“好了吗？”

“没有没有！着什么急呀？”严振华回应了一句，“照好了叫你。”

“哦……”宋隽然小声地说，她已经开始看那棵大树的介绍了。

罢了罢了，你们开心就好……

小姑娘内心悄然想着。

时间过去了大概半分钟，宋隽然已经看完了中文介绍，心里纳闷但怕再次挨骂，也不敢问。

“再等等吧！”她对自己说。

……

时间过去了两三分钟，宋隽然已经磕磕巴巴地把英文介绍看完了，她向后问着:“好了吗？”

没人回应。

“嗯？好奇怪啊！”

她的心里有点毛。

“好了吗？”

宋隽然忽地转头。

身后哪里还有严振华和宋稷文的影子？

宋隽然汗毛耸立，慌了神。她立刻左顾右盼，寻找着自己的旅行团。

她想要奔跑，但又立刻制止了自己。

这里是璟南！要是跑丢了就真的找不回来了！

身边一个又一个的旅行团经过，天南地北的旅客操着不同的方言。

宋隽然真的被落下了。

而此时，正在燕平的宋熠文仿佛有心灵感应一般，猛地吼了一声。

“安安？”

这一声可好，给他自己都吓了一跳。

安安——宋熠文和宋隽然约定的名字，私下里宋熠文总是这样轻唤女儿。

一旁的同事被这突如其来的一声吓了一跳，“您没事吧？”作为医生的宋熠文向来冷静，他的同事几时见过他这样慌乱？

宋熠文大喘两口气，慌忙掏出手机拨打宋隽然的电话。

“对不起，您所拨打的电话不在服务区……”

宋熠文暗暗觉得不好，他多想再给女儿打几个电话，但病人的手术等不起，他只好无奈地提醒护士，“孩子来电话一定要接起来。”

“爸爸！”远在璟南的宋隽然还在不知所措地原地打转，她好思念宋熠文，她绝望得想哭，但又努力让自己保持镇定。

“我要回去，我能回去！”小姑娘坚定地小声念叨，“我爸爸还在家等我呢，我要回去找我爸爸！”

小姑娘紧张地喘着粗气，并且不停地念叨着要回家找爸爸。

她若是振翅高飞的雄鹰，宋熠文就是她翱翔的蓝天。

“妈，涵涵呢？”与此同时，宋稷文终于发现宋隽然不见了。

“她不是在后面跟着咱们吗？”严振华还没发现。

“妈，没有，咱不会把她丢了吧？”

“不会不会，她丢不了，肯定在后面跟着呢。”

“您不会没叫她吧？”

严振华立刻停下了脚步，“坏了坏了，我没叫她，她不知道咱们怎么走的！”二人立刻告知导游，拜托旅行团的人照顾着小魔王，然后返回寻找宋隽然。

通往大树的岔路有很多，两个不认识地图的外地人找一个十来岁的孩子谈何容易啊！

宋隽然的书在严振华手里。

她没有了书，就相当于没有了地图。

宋隽然强迫自己冷静下来，凭着记忆中模模糊糊的地图，开始了自己的寻找。

“在我的面前有两条路，一条是大路，一条是小路。大路的前面就是出口，而且只有出口，如果旅行团走的是大路，那么他们肯定在门口集合，清点人数的时候肯定会发现我不在。出口没有人，说明要么是出去了，要么是没走，我不在队里，一定是没走。”宋隽然闭着眼睛自言自语，“那么就说明走的一定是小路！”她刚要往前走，忽然摸到自己的兜里装着老式的诺基亚手机，“太好了，肯定是小魔王去玩iPad，把这个还给我了！”她欣喜地掏出手机，想要拨打宋熠文和宋稷文的电话，哪知老式的手机在璟南拨打电话根本打不通。

宋隽然没有放弃，她走上了小路。她的身边有很多很多的旅行团，她遇到了很多很多人。宋隽然努力尝试着求助，却始终没人帮助到她。

耳边充斥着自己的喘息声。

她的身边是一人高的植物，大片大片的。除了黄色的植物，她望不到任何东西。

宋隽然濒临绝望。

“小朋友，小朋友！”刚刚被宋隽然求助的导游突然折回来对她说，“那边有个亭子，里面坐着一个旅游团，应该就是你们团。”

“谢谢叔叔！”宋隽然欣喜地谢过，再次走上寻找的路。

在宋隽然丢失的这二十分钟里，她感觉仿佛丢失了四天。她只是记得身边有很多很多的人，忽然只剩她自己，只身一人寻找着自己的旅游团。

她再次闭起了眼睛，搜寻着记忆中亭子的位置。

“宝贝，如果你走丢了，而且是在一个你不熟悉的地方，你千万不要慌张！如果你陷入了一个困境，就想办法，你一定可以解决的！”宋熠文温柔的声音突然在宋隽然脑中响起，“我知道该怎么走了！”宋隽然顺着自己的记忆找到了亭子，看见趴在亭子座椅上和一群小孩玩游戏的小魔王，她的心也忽然落下了。

宋隽然找回来了。

虽然不是她的错，但是自然免不了一顿训斥，好面子的严振华怎么会承认是她的失误呢？

在一个完全不认识的地方，通信设备全都无法应用，怎么依靠自己的力量找到家人？

玫瑰园里没有警察，宋隽然也没看见保安，依靠严振华和宋稷文找到自己？她们都不认地图，又怎么让她们找到自己呢？

很简单，这就是宋隽然没有站在原地的理由。

不过严振华和宋稷文确实也没找到原地，她们不知道该怎么找到那棵照相的大树，只好去入口等着宋隽然自己找去他们，最后还是导游领着二人回到了大巴车上。

如何在一个完全陌生的地方找到自己的家人并不属于校本课程的知识，但是10岁的孩子可以想得到。

然而并不是所有的10岁孩子都可以想得到，有个前提：他一定要有一个他完全信得过，给予他支持、给予他鼓励的人。

即使他们分隔两地。

默默向上游

儿童歌手大赛。

显然，两个孩子都报名了。

大概是宋隽然多少有一些底子，严振华把辅导的重心放在了小魔王身上。

论起唱歌，宋隽然可能确实比弟弟弱一些。

她没有弟弟那样嘹亮的歌喉，她也没有弟弟那样放松，她更没有弟弟那样自信。

从两个人在台上的表现你就能看得出：男孩挺胸抬头，眼神自信；女孩微微含胸，眼神躲闪。小魔王可是从小被捧大的孩子，他的自信你都能看得见；宋隽然可不是，和弟弟在一起的时候，她都像被抽干了精神的问号。

若是一定要讲出来一个优势的话：宋隽然唯一的优势就是音准和节奏了。

可是那又能怎样呢？她大出三岁半的年纪在那儿呢。虽然二人都紧锣密鼓地练习着，但宋隽然还是止不住地担心。

她担心的东西有很多，嗓音？服装？曲目？

不过这些也都是她该担心的东西。

她学了这么多年声乐，但她的声乐老师一直说她音色有点差；歌曲是藏族歌曲，服装自然不好找；曲目风格完全与她平常学的不一样，当然会担心。

然而，最令她担心的恐怕是紧张吧？

从小到大，很多东西严振华都要求她做到最好。严格要求是好事，可是这也使她有了一个毛病：极度紧张。

她会紧张到站起来回答个问题、说一句话都会紧张得不行。

每逢比赛，她更是无法遏制地紧张。

更令她紧张的是，比赛当天宋熠文因有手术没能到场。

对于宋隽然来说，没有爸爸在场，她就连唯一的底气也没有了。

结果不出所料，小魔王获得金奖，宋隽然没获奖。

原本就高调表扬小魔王的严振华，这次更是大肆表扬，大肆宣传。宋隽然作为一个“失败者”并没有说些什么，每每有人表扬弟弟却贬低她的努力时，她只会说：“不鸣则已，一鸣惊人。别着急啊，我还没鸣呢。”

她的失落没人晓得，她的眼泪没人看见。但是每当她出现在别人面前的时候，还是那个元气满满的样子。

“干不过怎么办？干不过就努力接着干呗！”

后来的那段时间宋隽然不再与弟弟争风了，很长一段时间她都没再表演过唱歌。严振华以为她看透了现实，知道自己没有天赋，找到了自己与弟弟的差距，还夸奖她知道自己半斤八两。

但其实她没有，宋隽然不过是在蓄力罢了。她并不认为自己与小魔王差得有多远，她并不认为自己完全不行。

她并不认为的还有很多很多……

她要把她失去的东西都拿回来！

她相信这个世界上总会有一个人相信她。

那个人就是宋熠文。

宋隽然期待着，期待着翻牌的那一天。她每天都是那样努力，那样不服输。

2016 年年底，幸运女神笑了。

宋隽然得奖了。

燕平市一等奖。

2017 年年中，幸运女神伸出了手。

宋隽然又得奖了。

两个燕平市一等奖，一个金奖。

她还被邀请做了代言人。

她终于敢扬眉吐气地说：

“我不比弟弟差！”

后来的宋隽然突然想起这段经历，才发觉自己与自己的偶像常斯礼好像啊！

只是熬了十年的常斯礼终于成了一名天王巨星。熬了五年的宋隽然终于赢得了自己应有的名分与应有的荣誉。

这一天她等了多少年？

是啊，她等了多少年。

这个奖，她等了两年！这个名分，她等了十年！

那一年她已经十三岁了，从小魔王出生起，已经过了十年。

她知道不能放弃，她知道宋熠文总会支持她。

舞台前，宋隽然是星星。舞台后，宋熠文是星星。

宋家父女就这样靠着彼此的光亮，慢慢前行。

对于这父女俩来说，对方既是软肋又是铠甲，对方也绝对是自己拼了命也要护得周全的人。

没有人想得到，那时慢慢艰难前行的宋家父女在未来会赢得全世界的掌声。

诺贝尔奖，这是一个多么神圣的名字呀！

这可是一个全世界的科学家，都向往得到的奖项。研究，研究；实验，实验。枯燥吗？可以肯定的是，一定枯燥。但是每一个科学家都乐此不疲地干着这些事。

宋隽然与科研团队，也不例外。

当他们终于站上了斯威歌这片土地，作为整个团队中唯一的女生，最年轻的成员！队长宋隽然张罗着所有人拿出科学院的横幅，在机场留下一张美美的合影。

“快快快！剪刀手拿出来！”八个孩子齐刷刷地比着剪刀手，拿着科学院的横幅和国旗留影。

宋隽然一次又一次地站在人生的考场上，这一次同样也不例外。如此名垂千古的奖项，她又怎么有把握一定能获得这项荣誉呢？她突然又想到了她的人生第一考。

中考考场外站满了密密麻麻的人，家长都在送着孩子往考场里面走，宋熠文也带着女儿来了。

“宝贝，加油！这是最后一科了！你最擅长的政治！爸爸相信你！”

所有的家长都在嘱咐着孩子考试的重点，只有宋熠文紧紧握着女儿的手，说着这句话。两个人互相认为对方是天才，这是一个天才与另一个天才许下的承诺。

宋隽然自信满满地走进了考场，宋熠文站在后面悄悄凝望着女儿。

点名，发卷。

宋隽然在座位上坐着，看着试卷沉思着，接着拿起了笔。

她什么都不再害怕了。

自从上次被丢了之后，她又经历过了很多很多的事情，从生活的考场中走出来，学校的考场又算什么呢？

她真的不再害怕了。

铃声响了，考试结束。宋隽然平静地画上了最后一个句号，拿着东西走出了教室。

她看见学校的大铁门外站满了家长，大部分人都扒着铁栏杆向内望着。唯有宋熠文站在最远处，微笑地望着她。

宋隽然也朝爸爸微笑着。

考生们渐渐走出了学校。人群中有哭的，有笑的，有骂的，什么样的家长和学生都有。有的家长沉着冷静地看着从考场中走出来的孩子，打算回家再问个所以然；有的家长看着孩子的表情不妙，当场就骂。

情绪如此混搭，唯有这一对父女轻松极了。

“爸！”宋隽然冲过去，宋熠文自然地接过女儿手中的透明笔袋，“辛苦了安安，想吃什么？”

“爸，你就不问我考得怎么样？”宋隽然挤挤眼睛，调皮地笑着。“爸爸相信你心中有数，你心中都有数了，爸爸为什么还要问呢？”宋熠文也调皮地挤挤眼睛。

紧张的中考就这样落下帷幕。

正如那首歌曲一样，默默向上游！宋隽然信心满满地走进自己的高中，准备迎接崭新的明天。

从儿童抑郁到抑郁

宋隽然六岁和七岁的时候得了两个怪病。

六岁的小孩头疼，很奇怪吧？七岁的小孩肚子疼了一年，更奇怪吧？但这两件奇怪的事全让宋隽然赶上了。

宋熠文自然是非常着急啊！自己捧在心尖尖上的女儿这么难受，总得有原因吧！

于是他带着宋隽然从头到脚各种检查化验，大到核磁共振，小到血液和甲状腺，然而也没查出来个所以然，每个医生都说没有器质性问题。最后伴随着宋隽然没有了症状而不了了之。

但其实一直有一个想法不断地在宋熠文脑子里打转:“这孩子，不会是得儿童抑郁症了吧？”大概他是怕宋隽然害怕和恐惧，也是怕严振华暴跳如雷，这个秘密便真的压箱底了。

如果不是宋隽然突然被诊断出得了抑郁症，恐怕这个秘密以后就没人知道了。

拿着确诊单，宋熠文的眼里写满了亏欠，他偷偷开了一盒西药，以备女儿不时之需。

“她其实不用受这份罪，她其实可以不得这个病，怪我不能把她带出去。”面对好兄弟，宋熠文才敢小心吐露他对女儿的愧疚。“你是个好男人，是个好儿子，所以你才会保护、尊重、遵从你母亲啊。”其他几个男人连声安慰。

“可是，”宋熠文顿了顿，“我不是个好爸爸。”宋熠文俊朗的脸上尽是忧愁，“我还和孩子说过，你什么也不用怕，有爸爸在，爸爸会保护你，照顾你。可是当她需要我站出来时，我却很少能保护好她。”宋熠文“啪”地把一盒西药拿出来，“我要是能把她好好地保护起来，我就不至于只给她开一盒药，我就是怕她病症上来我控制不了，把我妈引过来，我才偷着开了一盒，我妈一点西药都不让她吃！”

虽然有西药在手，孩子的病症和状况或许会在紧急时刻有所缓解，不至于那么引人注目，但是宋熠文知道，回去面对着严振华，“孩子得了抑郁症”仍然是一颗重磅炸弹。

“抑郁症？不可能！我的孩子不可能得这个病！”严振华显然是被吓了一跳，“这绝对不可能！”

“您看看，医生的诊断书上写得明明白白！”宋熠文无奈地劝说着母亲，“医生都这么说了，还能有假吗？”

“肯定不可能，万一是医生骗钱呢？”严振华还是不相信。

宋熠文看着固执的老太太，无奈地摇了摇头。

那还能怎么办啊，先带着孩子看病呗！他的心里只剩下这句话了。

与此同时的宋隽然还并不知道自己得了抑郁症，虽然她平常活得确实不怎么快乐。

恐怕对于她来说，快乐这个词是相当奢侈。她有时甚至觉得生活好像对她而言没什么意义。她不知道自己想要什么，反正她的一切都是奶奶想要的，她似乎没有想要什么的权利。

“反正我的人生都已经被奶奶安排好了，反正按部就班地上学，小学、初中、高中、大学；找个女孩子该干的职业，踏踏实实地生活，生儿育女，这一生就这么过去了。”这似乎是她从小就知道的一件事情。

在她的心里，怕极了严振华，甚至说话都有了前缀后缀：“我奶奶说……我奶奶不让……我奶奶不喜欢……我得问问我奶奶……”

她感觉她对自己的人生毫无发言权。

这边的宋隽然还全然不知道自己的病情，另一边的严振华已经开始向旁人说起这件事了：

“我跟你说，我们家孩子得的病叫抑郁症，都不用说了，肯定是她妈整的。你想啊，如果不是她妈，这孩子能得这病吗？肯定是从小落下心理阴影了。”

“这孩子我从小带得那么好，肯定是小时候好多事因为她妈给整的想不开，结果就藏起来了，藏到现在了，可不就抑郁了吗？”

“我跟你讲，全都赖她妈，如果她妈当时不跑，她不可能得这病，就是她妈不要她了给她弄的，你说说多狠心。”

“……”

这些虽然都是背后议论，但宋隽然却不知道为什么能听得一清二楚，仿佛是谁故意说给她听的。

只是宋隽然还不知道自己怎么了，她不知道为什么自己经常失眠，她不知道为什么自己经常感觉阵阵心慌，她不知道为什么许久没有的头痛又开始有了，在她的心里还有很多的不知道。

她总有一种莫名其妙的感觉，明明自己可以活动却觉得全身都被束缚，明明自己可以讲话却仿佛被堵住了嘴无法发声，明明自己看得见，却又觉得似乎套着一层乳胶袋子什么也看不清。

她能碰到一切，却摸不到万物。

宋隽然恐惧极了，因为她从未有过这种诡异的感觉，她想要逃避却无论如何也逃脱不了……

其实这就是抑郁症，但是她还不知道。

直到好多个月后她才从多方面证实，这些奇怪的病症，来源于她与严振华的关系。

隔辈关系的亲疏，对孩子的心理影响极大，宋隽然也是一样。

虽说严振华并没有对她疏远，也并没有虐待她，但在宋隽然心里，她与严振华的隔膜有燕平到珺州那么长。

严振华竟成了宋隽然心里的反面教材，提到祖母，宋隽然反复用到的词是“自私”。

严振华无私地把自己的爱给她，无私地培养着她，无私地给她自己心中最好的生活。但，宋隽然始终感受到的是自私。

她反感严振华一直以来对她过深的管束；讨厌严振华对

身边人的训斥；憎恨她对母亲的谩骂……

宋隽然 16 岁了，她在严振华身边睡了 16 年没有分床；宋隽然 16 岁了，但凡她做些什么，严振华都要在旁边看着指手画脚……

这无私的爱让她感到窒息。

在她的生活中，自己好像就在一个玻璃屋子里，每个人都能看到自己的隐私。

这种爱，太可怕了。

这种爱，她想远离。

严振华将她攥得越紧，她就越想逃脱。

距离产生美，严振华希望和宋隽然零距离。

但是宋隽然对严振华除了隐隐的不喜欢外，全都是尊重和爱。即使严振华更喜欢弟弟，即使严振华对弟弟更好，即使严振华总觉得宋隽然有那么多的不如意……

严振华给宋隽然灌输的思想是不同的，这让宋隽然感觉自己生活在一个没有爱的环境里。于是，这给宋隽然的心理投下了一层阴影，致使她对婚姻关系极其不信任，甚至过分追求着男女平等。16 岁的她已经明白了，原来在自己的家中也隐隐存在着重男轻女。

“涵涵你大了，我今天告诉你，我确实是更喜欢你弟弟。”严振华亲口说出的话确实令宋隽然感到了震惊，她突然想通了那些自己从小怎么也想不明白的问题。

这里原本就有一层偏爱在里面啊。

这对宋隽然来说一点都不公平。

在她三岁的时候曾偷偷地在姥姥家住过一次。或许是孤独惯了，三岁就自作主张离开自己家的孩子，宋隽然并没有流露出一丁点儿的悲伤。

她不是不愿意再去，而是住过一次后引发的暴风雨波及了太多的人。

她不愿意拖累那些无辜的人，仅此而已。

她变得越来越自我，会在严振华面前老老实实，只要出了家门就变得放荡不羁。

“我没有什么可留恋的了。”小小年纪的她，居然说出了这句话。

这话带着负气、生气、愤怒、不甘，她厌恶自己的不敢反抗，不敢叛逆。

严振华面前的她从来都是唯命是从的。

但即使是这样，以严振华的眼光来看，宋隽然也不是个令她满意的好孩子。

“你必须得听我的，你是我养大的！你所有的一切都是我的！”这是宋隽然经常听到的话，小时的她并不理解，便只能照做。

也是因此，宋熠文是她的贵人。

自杀这个想法，宋隽然很小的时候就有过。还没上初中，她就想过一死了之。若是没有宋熠文，恐怕后面一切的一切都不会有了。

“宋院士，宋院士？”酒店的会议厅里聚集着整个实验团队，小个子正在轻轻地晃着宋隽然，小姑娘一下子清醒了。“我们正在讨论以后的事情呢，大家都说过了，该您了。”

宋隽然眉头轻皱连忙说：“什么？说什么？”

“您以后想生男孩女孩啊？我先声明，我想要女孩！以后拉着小姑娘出门多可爱，多拉风。”小个子神气地幻想着，“小姑娘多可爱啊，我以后要是真有个女儿，估计我都不舍得让她走路，天天都得抱着。”

“如果是女孩，我会用满腔的爱培养她，我会让她分清好坏，知道底线。但我更希望是男孩……”宋隽然脱口而出，把整个团队吓了一跳，“这个社会对女孩子的要求太高了，她要经历的苦也很多，我真不愿意让她受这份苦，我不想让她像我这样活得那么累，何必呢？要真是女孩，我会加倍加倍地爱她！”2029 年的宋隽然正回忆着 2019 年她的样子。

那时的她难道不是豆蔻年华吗？

对于一个小姑娘来说最美好的年纪。

但是她在那般大的时候却承受着她不该承受的压力。

很多很多的压力。

她总是以为是她做错了，但她其实什么也没做错。她不过是想在这个不属于她的环境中生存下去，所以她要努力地讨好所有人。

至少她从小到大都知道。

这个家里最有权威的人，最喜欢的并不是她。

她什么也没做错，但在别人眼中，她似乎又做错了所有事。

宋隽然作为一个敏感的孩子，共情能力是她最强的特长。在进门的一瞬间她就能嗅到家里是不是有人生气，这个技能在家里只有她会。

就是这个不同寻常的技能，既让她自豪，又让她憎恨。

她自豪只有她拥有，也憎恨只有她拥有。

阿伟回来了

金秋十月。

人们最喜欢的月份，也是丰收的季节。

宋隽然刚刚得到了一份报告，然而却是休学报告。她看着操场上玩闹的同学，多了一份落寞。

“如此开朗乐观的我，怎么会得抑郁症呢？”宋隽然一遍又一遍地问着自己。她从学校的柜子里拿走了自己所有的书，准备搬回家，接着跟每一个自己认识的同学和老师说了再见。

回家的路上，她突然听见了《英雄意境》的对白。

“……老婆，男的女的？生了个女儿！多重啊？六斤三两，她不小啊。她像你还是像我多点啊？我老婆说她好漂亮，双眼就像我。抱她过来，让我和她谈谈。就算哭声我也想听听。女儿就叫宋……宋浩然。”这是常斯礼饰演的宋伟豪最后死在电话亭前的台词。

宋隽然摇摇头。她好累呀，哪还有心情去看如此悲伤的剧？掏出了家门钥匙，准备上楼。“爸爸，我跟你说，你别生气，我可能得抑郁症了。”宋隽然语气平淡，但心里却紧张得不行。“嘿，别怕，在我的意料之中，爸爸不生气！”

宋熠文却回答了这样一句话，“爸爸在呢，不怕啊！有爸爸在，你什么都不用怕。”

宋隽然常常感慨。如果妈妈没有离开，可能一切都好。妈妈离开了，仿佛是她人生中最灰暗的时刻。以那一刻为节点，她的人生被分裂开了。没有印象的前半部分应该很温馨，而有记忆的后半部分充斥着辱骂与冷暴力。然而如果妈妈没有离开，她或许还是个小孩子，什么都不懂，会撒娇，会耍小脾气，不会这么早熟。

可是如果妈妈没有离开，她是肯定没有被奶奶培养得这么优秀的。客厅墙壁都摆不下她的奖状，半面墙摆满了她的奖杯。即使是妈妈在，就按照二十一世纪两口子的佛系养娃理念，恐怕成年了也不会有这样多的荣誉。

宋隽然的确怨恨过妈妈，如果她还在，自己恐怕不会被奶奶骂得这么惨；如果她还在，奶奶恐怕不会这样偏爱弟弟。但是她总是转念想：奶奶还不是为了自己好嘛。

话是这样讲，可严振华一直不断给宋隽然灌输“你妈不要你了，你妈是坏人，她生你不养你，你必须恨她，你不听我的就对不起我……”的思想，宋隽然虽然是“奶奶至上”，可她终究知道这过于偏激，好歹那是母亲啊。有些话该说不该说，宋隽然自己心里有数，可是听见别人这样说自己的母亲，终归心里是憋屈。

于是就在这样一种不停地想法转换中，宋隽然有了一个可怕的想法——自杀。那个时候的她甚至连怎样自杀都已经想好了，只要完成她计划中最后的几件事情，她就决定离开这个人间。

那一年，她十五岁，还只是一个少年。

但是少年的眼睛里早已没有了星辰大海，严振华已经将她最后的星河消磨殆尽了。

人间世事纷纷扰扰，不如死了才清净……

她累了……

事已至此，又有什么可值得她留恋呢？可她始终放心不下的，除了宋熠文就没有什么了。

只要安排好爸爸，还有什么需要费心的呢？

少年的眉头轻皱，面对死亡只剩一片坦然。

反正我死了也能警醒一下世人吧。

十来岁的她，大义凛然得并不像个孩子，她只当是去执行一个神秘任务。

那时的她并不知道这种驱使她靠近死亡的信念是抑郁症的症状，她只觉得病症显现和药物的副作用就像是在给她上刑。

在她心里，和严振华在一起的日子就像身处牢笼，宋熠文的出现就是光亮。

但光亮终归不是常在的，她还要继续和黑夜做伴。她渴望自由，但严振华牢牢将她拴在脚边。

对于她来说，不是三岁失去了自由吗？

对于她来说，不是十五岁走上“刑场”吗？

“那一年……您才十五岁？”小个子皱着眉，“您才十五岁啊？十五岁！”说到这里，他连忙抬头，却见宋隽然一脸云淡风轻。

“都过去了，没什么的。”宋隽然轻飘飘地回应着。

但是其他队员都明白，这句轻飘飘的话有千斤重，他们谁也无法想象。

那段时间的宋隽然面对死亡，从来都是心如止水。

她珍爱的一切已被她静悄悄地安排好了，只要再做一件事……

休学期间的宋隽然希望可以给这个世界留下最后的纪念，于是决定去医院做志愿者，为痛苦的病人带去一些快乐。正值 4 月 16 日，志愿时间两个小时。望着时间一点一滴地流失，宋隽然似乎感觉到死神离自己越来越近了。

然而令所有人都没想到的是：最终留住她的，除了宋熠文，还有同样因为抑郁症离去的常斯礼，当然也有他的挚友童大飞。

医院的大厅乱哄哄，有人讨论着去世的常斯礼，有人讨论着常斯礼的挚友童大飞，还有在 4 月 16 日牺牲的英勇飞行员。

人群的最中间，小女孩宋隽然还在弹着钢琴，彼时她还在做志愿者。只是模模糊糊地听到“常斯礼、童大飞”几个字。她连忙将手中的乐曲弹了结尾，直起腰，在一片掌声中，竖着耳朵仔细倾听剩余的谈话，眼睛忽地一下亮了。

待到人群安静，宋隽然突然深吸一口气说道："今天是4月16日，曾有一位飞行员烈士在几年前的这一天牺牲了，我想弹一首《驼铃》向他致敬，希望他能听见！"接着她按下了琴键，舒缓的琴声愈发地清晰。一曲终了，人们纷纷为宋隽然叫好。哪知，她接着说道："今天也是常斯礼的忌日，我再弹一首《送别》送给他，希望他也能听见。"那时的宋隽然还只是知道一些关于常斯礼的事迹，并不是他的歌迷，也并不了解，所以她一首常斯礼的歌都不会弹，但是既然是送给他，总要弹个什么。

小姑娘思来想去，决定弹奏《送别》。

长亭外，古道边，芳草碧连天……

宋隽然一边弹一边在心中默唱。

这是不是我留给世界最后的礼物？

她这样想着。

天之涯，地之角……

"我有一个梦想是环游世界。"宋隽然突然想起常斯礼曾说过的一句话，小姑娘心中泛起层层波澜。

等等？做常斯礼的粉丝，听他的歌不好吗？做常斯礼的眼睛，帮他看看世界难道不好吗？这可是他留恋的世界啊！

弹着弹着，宋隽然毫无征兆地突然决定做常斯礼的粉丝，做他的眼睛。

您放心，我以后一定好好活着，好好帮您看看这个世界。

小姑娘在心里认真地许诺着，许诺着这位从未谋面的偶像。

常斯礼去世的时候，宋隽然还未出生。

真是个奇妙的缘分！

宋隽然耸耸肩，继续认真弹奏。

环顾四周，围观的人群清唱着这首歌，不约而同地在心里怀念着离去的常斯礼。

宋隽然轻声笑了，她仿佛又感觉死神提着镰刀跑了，是被常斯礼和童大飞赶跑的。

她要把常斯礼当作偶像，一定要把他当作偶像，无论如何都要！

然而，家教甚严的家庭怎么会允许她喜欢一个过世的人呢？而且还是一个过世的艺人？这个艺人又是因为抑郁症而去世。在她的家里，是不能喜欢珺州、璟南等地及外国的明星的。

的确是，早前宋隽然喜欢珺州艺人的时候确实遭到了严振华的严厉批评。

而现在，原本就没人知道她病得这样重，就算是知道，恐怕也不会允许。

宋隽然低着小脑袋，还是决定告诉最懂她的爸爸。“爸爸相信你能自己掌握好分寸，爸爸支持你！”宋熠文对宋隽然说出了这样一句话，令宋隽然感到好不可思议啊！“而且爸爸也好喜欢他呢！看！这是他在电影《英雄意境》中饰演的热血警察！是不是你很想当的那种啊？”宋熠文热切地看着自己的女儿。宋隽然感到自己的身体里好像有一股熊熊烈火在燃烧，不知道从哪里有一个声音在对她说："你就是宋伟豪啊！"

自那日之后，宋隽然虽偶有自残行为，但绝不出格。而且也从那之后，她再也没有过自杀这个念头。她的说法就是："我要做常斯礼的眼睛，我想治好他的病。"

后来的日子里，当宋隽然的抑郁症好得差不多了的时候，宋熠文承认，当时面对着一个差点自杀了的孩子，对她说出这样的话已经不止有赌的成分了，因为实在是在赌命。但是他确实赌赢了，他带着他的孩子一起赌赢了，还赌赢了宋隽然开挂似的人生。

你是因为你妈得病的

关于“妈妈”这个话题，在宋隽然家里经常被提起。随着宋隽然自己发现了自己得了抑郁症，严振华又将这件事情提了出来。

“涵涵，你坐下听我跟你说。”严振华一脸严肃地叫出了正在屋里看书的宋隽然，“你自己知道你得了什么病，我就不说了，你自己想想，如果不是你妈，你会得这个病吗？我告诉你，你得这个病全都是她害的！如果不是她当年不要你了，你怎么会头疼呢？如果不是老让你去她家看她，你会肚子疼吗？所以这回一样，你得这个病也是她害的！”

宋隽然听得一脸莫名其妙。说实话，她还真没想过自己得了抑郁症会跟妈妈有关系。

“跟她……有关系吗？”宋隽然小心翼翼地问，“这么多年了，应该不会跟她有关系吧？”

“怎么没关系啊？我跟你说，肯定跟她有关系，你那么小，她就不要你了，你能没心理阴影吗？”严振华继续愤怒地说着，“绝对跟她有关系，我跟你说，你成年之后最好跟她断绝一切来往，你想让你爸站在中间啊！你爸管了你这么多年，你难道要当白眼狼跟她跑啊？”

这都什么跟什么啊？

“我……”宋隽然觉得必须得解释一下了。

“你别解释，我跟你说，解释就是掩饰，掩饰就是现实！你爸跟你妈，你只能选一边！我跟你说，我都是为了你好！我什么都给你考虑好了！如果你妈没走，我才不这么管你呢！你妈走了，给了你一个跟我学的机会，你得感谢老天爷，知道吗？”严振华一刻不停地继续说着宋隽然，“我告诉你，这次去看她，你就把她叫出来，你就跟她说，如果不是你，我才不会得这个病！我告诉你，我得这病都是因为你，你得对我负责！过河拆桥！我告诉你，如果不是因为你，你都来不了燕平！必须得跟她说啊，说原话！”

宋隽然显然有些惊恐，她怎么可能对她的亲生母亲说这些话？况且在外她是一个多随和的小孩大家都知道。她就算是再生气，也不可能说这样过分的话。此时此刻的宋隽然满是无助。

但，另一旁的严振华明显没有停下这个话题的意思。

宋隽然背起发抖的手，要是被奶奶看到手在抖，她必定又得骂起来！

“我告诉你，你必须跟她说！你从她那边回来之后，你得告诉我，你是怎么说的！”严振华似乎看出了宋隽然的犹豫，给她下了最后通牒，然后神气地昂起脑袋走向卧室。

那一晚，真是难熬。宋隽然躺在床上，翻来覆去睡不着：“干吗让我去说呀？把一个孩子夹在中间算什么本事啊？”

黑夜里，小姑娘躺在床上嘟囔着：“我怎么可能说得出来这些话呀？”她望向窗外，黑夜没有给她任何答案。

她悄悄爬起来，在自己的书包里摸来摸去，接着掏出了钱包。

借着月光，宋隽然又从钱包夹层里拿出了一张小小的照片，那是一岁的她和母亲的合影。

那是她手里唯一对母亲的念想。

严振华收起了所有宋隽然母亲的东西，这张照片是宋隽然偷偷藏起来的。

那是她手里，唯一一张和母亲的合影了。

“我妈妈要我，我妈妈要我，她没有不要我，爸爸也不会把我送走的。”

小姑娘小声嘀咕。

不管面对什么，一定要保护一次妈妈，就算披荆斩棘，就算压力巨大。

她自作主张地决定了，一定要保护妈妈。这是她在此刻唯一能为母亲做的事情，也是人生中很少能为母亲做的事情了。

那一晚，她睡得很不踏实，一个又一个梦拼接而成的幼时回忆又全部袭来。

宋隽然能清楚地听到各种各样的“你妈不要你了”，也能感受到她三岁时心如刀绞的痛苦……

可她不过是个孩子啊……

“我不会那么说的！”此刻，她梦见方才的场景，不一样的是，梦里的她正勇敢地反驳着严振华。可刚刚反驳完，她就感觉自己突然掉进了旋涡里，怎么也无法逃脱，她感觉腥腥的海水不断灌进嘴里，窒息感涌上心头。

原来是人们正在让她好好孝顺严振华，他们不断地说教着，就像一个旋涡。

随着窒息感越来越明显，她仿佛听见了严振华的声音，“你必须得过去说原话，回来告诉我，你是怎么说的！”

宋隽然猛地坐起大口喘气，接着颤抖地摸着额头。

小姑娘抹去了一脑门子汗，又转头看向严振华，她正在安然睡着。

此时的宋隽然心惊胆战又有些不知所措，但她更加坚定地明白，妈妈是一定要保护的！

第二天，宋隽然的确见到了母亲，但是她除了告诉母亲她得了抑郁症，别的什么也没说。

像往常一样，宋隽然努力地烘托起和妈妈在一起的气氛，努力逗得姥姥姥爷哈哈乐。

尽管他们之间的气氛有些尴尬……

宋隽然无论说什么都会冷场，无论是说自己还是常斯礼，说理想还是说未来……

没关系，宋隽然只要让他们愉快地度过这一天就足够了。

对于妈妈和姥姥姥爷，宋隽然始终觉得自己是亏欠他们的。

老人，总希望膝下能围绕儿孙，他们多希望宋隽然能在身边住上一宿。

但就是这么简单的要求，严振华是坚决不允许的。严振华自宋隽然幼时就不允许她在外留宿，一晚也不行。

老人只有这一个愿望，宋隽然都不能实现……

她觉得自己太亏欠他们了。

所以她能做的就是让短暂的相聚时光过得更加开心。

因此，那些关于妈妈的污言秽语又怎么能从她嘴里传递出来呢？

绝对不能！

即使是压在自己身上，即使是打碎了牙往肚子里吞，这些话她也不能说。

她是个多么纯粹的孩子，她又在多么努力地守护、努力爱着妈妈啊。

就是因为爱，所以更不能说！

这是她作为纽带的责任，也是她不可逃脱的使命，她必须要维持着两个家庭的平衡，哪怕严振华只把她当成博弈的棋子。

但是面对妈妈，面对姥姥姥爷，她必须是严振华的掌上明珠，必须是最受宠最幸福的孩子。

只有这样，姥姥姥爷才能放心地让她回去。

她还要回到她的战场……

那是她这根小小火柴必须肩负的使命。

宋隽然多么渴望时间可以过得慢一点，甚至可以停留。她真的不想把自己的妈妈杜撰得面目全非。

时间不会停止，甚至像被严振华按了加速键。

审查的时刻终究到了。

“说吧，你怎么跟你妈说的？”严振华饶有兴致地看着宋隽然。

“我说：我告诉你，我得这病都是因为你，如果不是你，我怎么可能得这种病呢？”宋隽然心不在焉地回答着前一天晚上已经背好的词。

“骂得好，然后你说什么？”严振华听后表扬着，“你跟她说没说：如果不是我，你都来不了燕平！”

“说了啊，怎么能不说呢？我跟她说：你们一家子，都是因为我才来的燕平，你们反倒过河拆桥！”宋隽然继续面无表情地回答着。

严振华边听边手舞足蹈，还会前仰后合地笑上几声。听完宋隽然的汇报，她甚至打出去好几个电话汇报自己的“教育成果”。

但宋隽然呢？

她真的已经厌倦了这种成年人之间的打斗。

也是，把她一个孩子夹在中间，算个什么事啊？

那一天，严振华开心得不得了，乐得合不拢嘴。她觉得她培养了一个世界上三观最正的孩子，她觉得宋隽然的病已经好了。

“爸，我知道我得这病跟我妈没关系，就算有关系，关系也不大，奶奶让我说的那些话我都没说。”扔完垃圾，宋隽然在回家的路上对宋熠文说，“我不喜欢听的，妈妈肯定也不喜欢听，我们好久才能见几个小时，我就努力让这几个小时过得快乐一点吧！”小姑娘对于奶奶的做法很是无奈。

“咦？你没说呀？爸爸觉得怎么能让你开心一点，怎么来吧！”宋熠文低头看着宋隽然。

“我觉得妈妈来燕平，跟我没有关系。”宋隽然抬头看着天空，“你们当年是因为爱情才在一起的，又不是奉子成婚。而且奶奶让我说的那些话太过分了，我对着一个自己非常非常喜欢的人，也说不出那些话呀。”宋隽然默默向前走着。

“首先爸爸觉得你做得对，”宋熠文肯定了女儿，“但是如果你实在憋不住，你可以告诉你妈妈。”

宋隽然摇了摇头，“不管和她有没有关系，除了告诉她我得病了，其他的我也不准备跟她说了。这件事情已经把我们家搅得鸡飞狗跳了，就不要让更多的人掺进来了。”

夜空之下，宋家父女轻松地漫步着，沙沙的树叶声伴着他们轻快的脚步，诠释着独属他们的故事。而在月光的照耀下，二人的眼睛里闪烁着星辉，里面仿佛装着最美的星辰大海。

我们这孩子不行

“我们这孩子可不行，比你们家那个差远了！”

这是严振华的口头禅。

不过据宋熠文讲，在 20 世纪 70 年代的时候，严振华就已经这样跟邻居、同事、朋友说了。

“我可告诉你，我们家小文比你们家孩子差远了，这臭孩子什么都不会，可不行呢！”

“哎哟，你们家孩子那么棒呢？我们家小文真是不行，你们家孩子能考年级第一，我们这连年级前十都进不去。”

“嘿，你可别提了，你也不看看他长着一张年级前十的脸吗？”

“……”

然而非常不可思议的是，这些话竟然从 20 世纪 70 年代硬生生地搬到了 21 世纪 10 年代的宋隽然面前。

“嘿，你家孩子真厉害，没人教什么都会，真是自学成才呀！啊，你说我们家小涵涵？哎哟，不行不行，比你家的差远了！”

“你说我们家小涵涵呀，甭提了，这破孩子快气死我了，那题教她多少遍了都学不会。”

“真随她爸了，脑子轴，转不过来。”

“这破孩子就缺根筋。”

“我给你讲，就这货，倔着呢。”

“……”

打击起孩子也是一套套的。

“珺大？珺州大学？这你还敢想？你咋不上天呢？我告诉你，你肯定不行，甭想了！”

“你看看，你看看，就你这笨的。吃那么多，就是个猪脑子。”

“你看那笔拿的，好好跟你弟弟学学，你看看弟弟多好啊，在那玩拼装玩具能拼俩钟头，你都坐不住。”

“我告诉你，你比你弟弟差远了。”

“他就能当科学家，你永远都比不了！他比你聪明多了！”

“……”

珺州可是个好地方，那里有优秀的艺人、美丽的风景……

那里有高楼大厦，优美的维多利亚港，迷人的岛屿，密密麻麻的高校……

关键那里是常斯礼的家乡。

而且，那里离燕平远。

离燕平这么远，我要是去那里念书，应该就不会被奶奶管得这么多了吧！

小姑娘的想法很实际。

宋隽然刚一开始是真不服气，虽说自己不玩拼装玩具，但是坐那看两个钟头的书还是没问题的呀。她还真就坐在沙发上看书，而且就坐在玩拼装玩具的弟弟旁边。

结果就是弟弟拼完了，她还没看完，接着又遭到了一顿冷嘲热讽。

“你看我们弟弟多棒啊，两个小时把拼装玩具拼完了，你看他姐姐，书看了两个钟头都看不完。”

“看我们弟弟这么小，就能坐这么长时间，比他姐可强多了。”

接着就指着宋隽然说：“你弟弟就是比你强。”

所有的话如刀一样，深深地、恶狠狠地刻在了宋隽然的心上。她不明白为什么无论自己怎么努力严振华仿佛都看不到自己的优点，她不明白为什么无论自己怎么讨好弟弟都无法换来严振华的一句鼓励。

刚开始她真的觉得很丢脸，她觉得到哪儿都抬不起头。可慢慢地，被骂的次数越来越多，她也逐渐无所谓了。

“反正我也永远比不上我弟弟。”

甚至有时她看着严振华铁青的脸，心里有一丝挑衅的快感。

“我不是什么都不行吗？那我就气你，我就扰着你。反正我就这样了。”她的心里突然有了这样一句话。

因为不论宋隽然的理想是什么，严振华都要打击一番。

宋隽然最早的梦想是想当警察。

其实，宋隽然和警察有着不小的渊源。她第一次想当警察，那是她四岁的时候，因为看了黑猫警长；第二次想当警察，那是她八岁的时候，因为去体验了一次模拟职业，发现警察真的很有趣啊；第三次想当警察，那是她十三岁的时候，“如果一定有一个人牺牲的话，那我乐意接受死亡”，她觉得如果能用自己来换来岁月安好的话，当个警察也不错。

在宋隽然上初中的时候，她的学校和警官大学就隔着一个小公园，她在学校里想看警官大学，只需要爬到顶楼踮着脚就能看到。那在她心里可就是个闪着光的地方啊！

也许在当时，宋隽然的年纪还不能完全明白公安的责任与担当，但是她对公安的喜爱绝不是一两句话就能概括的。

对于公安，宋隽然的理解可不只是学校隔壁派出所所长或者电视上风风光光的人物。她对于警察，那可真是真爱。

她的初中和警官大学离得确实是太近了。渐渐地，每一天的眺望竟然成了习惯。也许是距离的原因，初二的时候，警察这个职业被宋隽然盯上了。

不论是“师哥，师姐”的叫法，还是日日的列队跑操，对当时小小的宋隽然而言都是新鲜的。那个时候的她最喜欢的便是跑到警官大学的门口，凝望着她的师哥师姐。

你真的不知道她有多喜欢警察！

据说她喜欢警察的渊源跟警官大学的老师还有关系。

那是多么纯粹的热爱！

宋隽然初中的时候，警官大学组织了课下实践课，几个同学便拉着宋隽然一起参加。初中的孩子们普遍都很喜欢侦探，所以迫不及待地推理着实践课下发的谜题。

推理谜题是宋隽然很擅长的一项活动，所以有她在，她的小组是过关过得最快的。

但，难的普遍都是压轴题……

果然，最后一道谜题明显困难一些，实践课上的所有同学似乎都不知道该怎么解，警官大学的老师只好在教室里来回巡逻。

学案上是一道模拟的案例题，大概是一个小区发生了多起盗窃案，但只有一家发生了命案。而实践课上的同学们需要推理出嫌疑人的住所、性别、年龄、作案动机等。

小姑娘看着眼前的学案，先是把眉头紧皱一下，接着立刻放松。

哦！原来如此。

宋隽然的嘴角露出浅笑。

实践课上的同学正被谜题难得鬼哭狼嚎，就连警官大学的学生都在劝老师公布答案。

但警官大学的老师似乎早就盯上了这个坐在后排的小姑娘，连忙朝她走去，“你有没有什么想法啊？”

后排的小姑娘见终于有了自己的用武之地，慢悠悠地飘来了一句话：“我觉得这道题，其实挺简单的。首先看脚印这张图，边缘磨损严重，足长在 26 厘米左右，脚印不深，所以我推测嫌疑人为男人的可能性大，体形消瘦，经济条件差。且从图上看，他只杀了一个人，所以他应该只是过失杀人！”

警官大学的老师听后深感讶异，竟催促着宋隽然继续讲她的想法。

“其次，接到报案的时间都是在近几天，表明嫌疑人是连续作案。鉴于没有人半夜或者凌晨报警，表明其动作很轻，没有吵醒过屋中的主人，未患有精神疾病，所以应该受过一些教育，我推测他的学历为初中或者高中。”宋隽然继续分析，“从图上来看，他只挑选离大路近的居民楼，这样便于撤离，而且路线避开了所有监控，说明他对此地非常了解，这么了解此地应该说明嫌疑人是本地人，所以他的居住地应该离此地不远。我认为能做到如此了解路线的人，说明他是有目的作案的本地人。”

“哦！”教室里发出一阵惊呼，前面的学生们纷纷回头看着这个后排的小姑娘，就连穿着警服的学生也露出称赞的目光。

既然是警官大学，那自然要运用些犯罪心理学了。

宋隽然摆摆头继续说，“依照现有信息来看，他只在这一个小区作案，说明他是有目的性的。以案发地为圆心，方圆三公里为半径，画个圆，圆内进行排查，大概率就能找到他居住的地方。”宋隽然思考了一下，又添上一句，“至于为什么是三公里，这种情况嫌疑人普遍不敢开车或是搭乘公共交通工具的，基本都是徒步或者开电动车。他若想快点离开作案地点回家，最好在半小时之内，这是我在犯罪心理学的书上看到的。人行走速度基本都是每小时四五千米，也就是说他走回家的路程应该在一至两千米，骑车回家三千米比较合理。”

警官大学的老师听完之后竟然开始为宋隽然鼓掌，笑眯眯地问道：“还有什么要补充的吗？”

“我觉得如果是过失杀人的话，说明他并不是一个杀人老手。从给出来的时间条件来看，此时还在破案的黄金时期，如果是首次作案，他一定会慌张，且一定会留下漏洞。综合来看，这就是我们捕捉他的机会。回答完毕。”宋隽然推了推眼镜，抬起头，坚定地正视着警官大学的老师，不紧不慢地回答完了最后一句话。

“可以啊小姑娘！这孩子，007的料！比你们强！”警官大学的老师一边说着一边摸着自己的脑袋，指着他的几个学生。

面对这样一个不同寻常的小姑娘，这位警官大学的老师用了一种更加与众不同的方式鼓励着她，“咳咳……一定要常来警官大学玩，如果想参观，包在我身上！毕竟我们学校的哥哥姐姐们还会来请教你的啊！”宋隽然害羞地摸了摸脑袋，结果老师又补了一句话。

“一定来我们学校上大学啊！我可记住你了！”

结局以老师热情地加了宋隽然的微信告终。

宋隽然能运用少量的犯罪心理学回答问题并不是什么奇怪的事，因为在她九岁那年，宋熠文备考心理咨询师资格证，所以宋隽然光是旁听就把社会心理学、犯罪心理学、儿童心理学、变态心理学……听了个遍。

除去这些，宋隽然也的确喜欢微表情、案件推理……她很享受自己能够推理出电视剧或者小说结局的快感，她觉得这些真是有意思极了。

而在十二三岁的年纪能懂一些犯罪心理学的皮毛，因为家庭原因宋隽然也不得不时刻运用着社会心理学和微表情学，所以多方面原因塑造了这样的宋隽然。而这样的她，扔进人堆里也确实扎眼。

参加警官大学的课外实践活动又答出了压轴题，最后还被警官大学的老师加了微信，宋隽然一下就在燕海中学火了。尽管同学们总是一口一个“神探”叫她，但她并没有飘飘然，所以宋隽然发现自己并不是沉迷于表扬，而是她真的爱上警察这个职业了。

刑侦知识懂得的越来越多，犯罪心理学也越来越喜欢，看了大量的案子，除去这些，宋隽然还自学了微表情……她觉得这个工作太有意思了。

毕竟她本来就是个爱推理爱琢磨的孩子，更何况她学到的这些又便于她与严振华打游击！

“做警察多好啊！”宋隽然正在和生物老师关小花炫耀着自己的梦想，“我做了警察就可以更好地帮助别人了！”

“那你更得好好学生物了！”关小花擦着黑板，“要不以后怎么破案啊。”

一听这话，坐在一旁看报纸的男人连忙把报纸放下，瞅了一眼小姑娘，“你不但得学好关老师的生物，还得学好我的数学，要不没点逻辑思维怎么侦察啊？”

小姑娘听后微笑回应：“嗯！不会辜负您二位的！”

关小花对宋隽然这个学生是相当喜爱，在她眼里，这孩子有一种说不出来的不一样的劲头。

是怎样的劲头？

那种眼睛里布满星辉的温柔。

“这孩子要做了警察，得是个多好的警官啊！这一身正气，再穿上警服，绝对漂亮！”

年纪不大的关小花感慨着，接着捅了捅一旁正在看报纸的男朋友。

男人秒懂，接着唤来宋隽然。

“李老师？”

“涵汐，关老师说你以后想当警察？”

“没错！”小姑娘说着敬礼回复，“您知道吗？看见您的名字我就会想起来一位也想当警察的朋友。”说着，宋隽然放下敬礼的手，指着辅导书上男人的名字，“李墨煜。”

“我的好朋友叫李默麒，他也可想当警察了！”

小姑娘收起手，一本正经地说。

看着宋隽然少有的严肃表情，关小花和李墨煜着实忍俊不禁，“要好好努力，女生考警官大学可是有难度的！”关小花轻声提示。“也要保护好自己，期待你做一个了不起的警察。”李墨煜的提示偏鼓励，接着对宋隽然说了一句悄悄话。

“谢谢你告诉我关老师喜欢吃巧克力威风，明察秋毫也是警察的能力啊！”

宋隽然的脸上尽是满足，她真是好期待她的未来啊！

然而，当她鼓起所有的勇气向严振华表达之后，她却得到了这样一句话：

“不可能，你永远做不了警察！你根本就不是做警察的料！你是一个女人，你以后是要有孩子的，你以后是要为男人生儿育女的！女人不生孩子是不完整的！你如果要了孩子，生了孩子没时间管，你跟你妈有什么区别？”不仅如此，严振华几乎汇集起了全家所有的人抨击宋隽然的理想，可她依然没有放弃。

就像一根细细的蜡烛，在黑暗中倔强地发光发亮。然而严振华很快发现了她仅存的想法，果断地泼灭了她心中的蜡烛。

“你想让我死了都合不上眼睛吗？”

此话一出，空气凝固了，宋隽然绝望地抬起头，遵从了严振华的安排……

这句话就是一个萦绕在宋隽然脑海的噩梦，一个无法消逝的噩梦。

她不能不遵守，她要维护家里的和平……

她的警察梦想于2019年2月正式破灭，而她内心中那微弱的烛光，照亮了她人生中美好的两年。

秋风瑟瑟，宋家父女俩在外面遛弯。

宋熠文正抽着烟，却突然发现女儿站住不动了，忧心忡忡地盯着前面，不停地摇头。

“奶奶说我什么都不行，可能我就是个傻子吧。我真的好蠢，我真的好笨。我好像真的什么都不行，什么都不懂。是不是我真的就像她说的那样什么也做不好啊。”

宋熠文着实是一愣，说道：“爸爸又不需要你太聪明，太努力，差不多就行了。爸爸爱你不是因为你聪明，爸爸爱你是因为你就是你，因为你是我女儿。不用听奶奶的，奶奶很多说的都不对。”

“话是这么说，但我就是觉得应该没有孩子喜欢被训吧？”宋隽然小声地嘟囔。

“那当然了，爸爸也不喜欢！”宋熠文回过头来，“但是你知道，爸爸也是从小被这样骂起来的，而且奶奶说的话几乎都一样。”宋熠文的话语抚慰着宋隽然的心灵。可听到这话，宋隽然还是吃惊地张大了嘴巴。

“爸爸，这真是不可思议。”

“想过以后要做什么吗？”宋熠文抽着烟继续说。他转头凝望着站在原地的女儿。“以后想做什么职业，以后想要什么，对未来有什么想法，你都可以说说看。”

“不太知道，自从奶奶说完那句话之后，我好像突然没有了理想。奶奶那个时候告诉我，我以后想当的是牙医，但是我知道那不是我想做的。”宋隽然把双手枕在脑后，快步走着，追上了等着她的爸爸，“在那之后，我就不知道我想要什么了。”

宋隽然所拥有的是一种脆弱的坚毅，尽管严振华的打压几乎令她无法喘息，但她明白，自己深深爱着的职业还是警察。

即使，一辈子也无法实现。

“其实说实话，爸爸也不是很希望你当警察。”宋熠文第一次对宋隽然提出反对意见，“因为爸爸觉得你这些年很憋屈。”听闻，宋隽然皱起眉头。“爸爸知道，你从来都是一个把危险与困境挡住，以微笑示人的孩子。爸爸觉得你太累了，你现在在家里就是这样，以后当了警察还会是这样的。”宋熠文仰起头，“但是，爸爸尊重你的选择，喜欢就去追寻。其实，爸爸也很希望看见你穿警服的样子，爸爸也很想看着你从警官大学毕业穿着笔挺的警服与我拥抱。”

“爸爸，你知道，我真的很喜欢警察，但是奶奶说得太死了，一下就把它泼灭了。喜欢是真喜欢，我的心里永远给警察留着一亩三分地。可是奶奶这么说，我真的不知道我想做什么了。”

“你一定要想一个呀，无论是警察还是什么，因为这样你就会知道你为什么在学习，为什么这么努力了。”宋熠文目光灼灼地看着女儿，“那时你会发现自己现在经历的一切都能乐在其中，因为你知道你希望的总会到来！而且爸爸很认真地告诉你，你一点都不笨，爸爸觉得你是最聪明的孩子。只要你想做，你就一定能做成。如果你真的喜欢，那你就一直看着你的梦想。千万不要看向两边，这样就永远不会停下来，永远都会追着它。爸爸相信你！”

宋隽然认真地看着爸爸，但她还没想好。

宋熠文看出来了，默不作声，半晌吐出来一句话。

“不着急，慢慢想，总会想到的。”

宋熠文对女儿说出了这样一句话。

宋隽然的眼睛恢复了往日的闪亮，那亮晶晶的眸子才是少年该有的色彩。

她在想着她的未来。

话说回来，至于宋隽然未来想做什么，还真是令宋熠文好奇的事情。

校门口的追踪

2017 年的宋隽然还是那个快乐的样子，因为那时她的警察梦还处在一个萌芽阶段。

丁零零——

放学铃一响，学校的大门就打开了，宋隽然活像一个点燃了的炮仗，背着书包一头冲了出来，甩着两只胳膊，撒欢似的朝着东北方向跑。

“嘿，宋涵汐，你上哪儿去呀？”后面的男同学气喘吁吁地跟着跑上来。“不是说去警官大学吗？我带你去！”小姑娘眨巴眨巴眼睛，嘴唇一张，突然加速往前跑去。

“喂，你跑慢点，我跟不上。”“连我都追不上，你还想考警校啊？”远远的，只听宋隽然留下了这一句话。小男孩连跑带颠儿地向前追去。

“喂，李默麒站住，最后的作业交了吗？”

一声怒喝，就像是爆在马路边上的自行车车胎，吓人一大跳。那个叫李默麒的小男生吓得一激灵，撒开脚丫子，像逃命一样窜了出去。

政治老师站在校门口，无奈地摇了摇头，对一旁的保安说：“你说他跟谁在一块儿玩不好？非得跟学得最好的宋涵汐在一起玩。这让我上哪儿逮他去？”

宋隽然在学校可是出了名的好孩子，政治成绩响当当地好，考个年级第一第二是经常事；语文数学也不差，虽说年级前几名差点，但是班级前三也从来都是够得着。再加上宋隽然所在的学校在燕海区排名很是靠前，在燕平市都是排得上号的。由此一来，宋隽然的政治成绩可以说在燕平市都是名列前茅。

哪个老师不喜欢成绩好的孩子？

更关键的是小姑娘的工作——学校公认的第一任报童。

她管着全学校的报纸，哪位老师不知道她？

可就是这样一个小姑娘，政治成绩最好的她偏偏和政治成绩最差的李默麒耍在了一起。

其实要把所有事情分析开就不难理解了。

这就是因为他们的理想都一样了——考警官大学——当警察——努力进公安部。

不但理想一样，就连偶像他们都喜欢同一个人——燕海区的刑警，陈三六。

要是能见上偶像一面，两个孩子都得乐得屁颠屁颠的。

陈三六可是个了不起的警察，在燕海区乃至燕平市都算相当有名，两个孩子想见又见不到，想找又无从下手……

但，孩子嘛！绝不能被现实击垮，即使是天马行空也要尝试。所以两个小孩还是约定以后一定要进公安部，然后再找到陈三六见上一面。

“说好了啊！见到陈三六，咱俩要和他好好显摆！”宋隽然神气地拍着李默麒的肩膀。

虽说遥不可及，可是对孩子来说，又有什么比理想更令他们憧憬呢？

奔跑中的两个孩子，早就忘记了刚才发生的事情。他们放开步子，胳膊甩得老高。接着呼哧呼哧地喘着粗气，晃着脑袋。宋隽然义气地请了李默麒一根冰棍，李默麒也豪气地请了宋隽然一瓶汽水，两个孩子遛着弯，不一会儿工夫就到了警官大学。

那可不是嘛，警官大学离他们的学校恐怕也只有几百米的距离吧！

即使距离这样近，可两个孩子根本进不去。警官大学的查岗可是出了名的严！这两个孩子一副中学生打扮，校服、双肩背包、青春痘三件套，你让他们怎么进？所以他们只是站在校门口，遐想着日后在那里上学的情景。

此刻的他们正杵在警官大学门口的小桥上享受着夕阳的抚慰。

“李默麒警官！”

“到！”

“宋涵汐警官！”

“到！”

两个孩子正精神抖擞声音嘹亮地演练着日后的场景，在警官大学的地界上，一切都是不一样的。

警官大学的门口有条碧绿碧绿的护城河，上面架着一座小桥正对着警官大学的大门。那座小桥有个好听的名字——木南桥。宋隽然和李默麒最爱站在桥上遐想未来。

更巧的是，很多大爷都爱坐在河边下棋，这样一来大爷们全成了两个孩子的观众。

“我吃了你的兵。”“你先别吃了，老陈，你看那俩孩子干吗呢？”一个穿着大背心，拿着扇子的大爷神秘兮兮地问着对面的“老陈”，这句话引得看他们下棋的大爷也纷纷抬头看向两个孩子。

老陈把眼睛一眯，这俩孩子从他们下第一盘棋就过来了，得在桥上杵了快 20 分钟。

“没有这么谈对象的吧……”老陈抹了把脸，“这俩孩子就这么杵着盯着大门，这是干吗呢？”

话音刚落，李默麒和宋隽然异口同声地说了句奇怪的话，“一级警督，三级警督，一级警司！”

警官大学的大门徐徐打开，三个身着警服的警察从警官大学里走出，你再看看他们的警衔，那不正是两杠三豆、两杠一豆、一杠三豆吗！

“嘿！人家俩孩子认警衔呢！”两个大爷自讨没趣地接着下棋，围观的大爷们也笑着低下了头，“我可吃你的兵了啊！”

另一边，来接女儿回家的宋熠文等急了。“臭丫头，八成今天又跑警官大学去了，非得当警察。”宋熠文摇摇头，他也不明白宋隽然到底为什么那么想当警察。到底是因为警服还是因为刺激，宋熠文也没想出来，只见他转了一下方向盘，将车头拐入一条小路。车在迷宫似的小路里不断地拐着弯，接着拐进了一个胡同，宋熠文一眼就瞄到了女儿的身影。

宋隽然就站在警官大学的大门口，正给身边的李默麒介绍着警官大学呢。

哟，合着这搞对象，这就开始了？宋熠文偷偷笑了笑，又很快收敛起笑容，慢慢地将车向前开去。

“然然！”宋熠文大喊一声，给两个小孩都吓了一跳。

李默麒身子一弹，结巴起来，“叔……叔叔……好，我我我叫……李默麒。”他明显是被吓到了，“我先……撤了，下……下次再来……看警官大学。”接着，小男孩一溜烟地跑了。

“爸爸！”宋隽然夸张地叫着，“你看你把人家都吓成什么样了？”

“敢招惹我的女儿，当然要他好看！”宋熠文一脸得意而又不屑的表情。“哪有？只不过李默麒也想当警察，我就带他来看看警官大学。”宋隽然解释着。

“好啦，爸爸逗你的，快上车！”宋熠文招着手，“奶奶说出去吃饭，咱们一块儿去！”

“啊？”

车里只剩一片惨叫。“我不想去，跟奶奶在外面吃饭又要被训，疼！”嘹亮的少年声音一下子低沉下来，仿佛是一盆喜阳植物被放在阴暗的角落，蔫了。

车子朝着饭店飞驰着，但是宋隽然一点心情都没有，想到每次与奶奶出门吃饭都要被揪着和弟弟比较一番，她的心情就差极了。

这个任务理应落到宋隽然与弟弟饶帛桓的身上。

年龄越来越大，宋隽然也终于不到处喊“小魔王”了。她开始唤弟弟的名字：饶帛桓。

宋隽然也许没有饶帛桓那么厉害，但是也不差，只可惜除了宋熠文很少有人发现。

不过小姑娘已经不在乎了，她还能要求什么呢？她没有比弟弟还优秀也是事实，干脆挨训就闭嘴，没事别多说。

今天可千万别惹到老奶奶，她不高兴我可高兴不了。

到地方下车，上楼，进屋，宋隽然安安静静地待在角落，她可不想到处招惹。

“我们家这个老小特别厉害，特别聪明。”这就开始了。宋隽然心里想着，摇了摇脑袋。她才不在乎这些呢！被表扬有什么了不起？我在外面得到的表扬可多了！虽然这么想，但小姑娘还是很气愤，肚子一鼓一鼓的，像夏天池塘里的青蛙，可是她还要安慰自己，让自己冷静下来。

“这孩子，聪明得很！拼玩具能拼俩钟头！人家还想当科学家！涵涵，你得学学，当什么警察？”

听着听着，小姑娘实在听不下去了，忍了又忍，脸憋得通红，终于把即将冲破胸腔的笑声憋了回去。她苦着脸，无奈又好笑地答应着：“好好好，我不当警察行了吧！”心里却诚实地想着：哎哟喂，咱换几个事情说好不好！我就要当警察！我就是喜欢当警察！宋隽然感觉这句话差点就要脱口而出，一边听着严振华讲述自己充满辛酸的育儿经，一边心不在焉地点着头。

“听了这么多次，我都快背下来了。”宋隽然暗暗地想着，“不行不行，我要笑死了。”

明明是心酸的育儿之路，结果宋隽然因为听了太多次已经免疫了。

小姑娘忍不住起身，她实在要忍不住了。严振华立刻发现敌情，警觉起来，“你要干什么？”

“我要去厕所！”

严振华一时语塞，没反应过来，明明20分钟前进门时宋隽然刚刚从洗手间回来。

“哈哈哈！”进了洗手间后，宋隽然挨个敲门确保没人，接着捂着肚皮笑了个痛快。“当警察怎么了，当警察也很了不起呢！”小姑娘挺胸抬头看着厕所镜子里的自己，只是她从来都没想到，她的警察梦就在几天后就要没有了。

报童小妹

除去学生，宋隽然还有一个响当当的职业，上至大校长下至保安队员都对她照顾有加。

因为她是初中的小报童。

其实说她是学校的报童更合适，因为全学校只有她一个人送报，更何况前无古人后无来者。

她的活可不只是送报，业务范畴囊括：送报、送快递、叫老师、叫学生、指引外客等。但即使是这样，每当有人提起“宋涵汐”这个名字，老师们的第一反应还是小报童。

宋隽然经常送报，这样算下来她送报已经送了一年多，所以早就已经轻车熟路了。

有什么比送报更有趣的呢？沿途向老师们打招呼，还能有点小零食当外快，悄悄瞄两眼时事新闻。风吹在脸上更是感觉凉丝丝，多舒服啊！宋隽然吸吸鼻子，美滋滋地嗅着。

中午，阳光正好，满是花香。

还有什么比送报更好的事情？

“小老大！带我一起吧！”李默麒在远处挥着手，“只要你带我一起送报，我待会就带你去个神秘的地方！”

神秘的地方？

宋隽然来了精神。

“走吧！一起！”

两个孩子漫步在满是学生的校园中。

其实论起在学校里的上天入地，李默麒比宋隽然知道的多得多，可是他也不明白为什么自己总是喜欢跟在“小老大”后面。

甚至他也不知道为什么自己喜欢管宋隽然叫“小老大”。

反正就是喜欢。

隔着铁丝网，宋隽然看见了体育老师，她脆脆地喊了一声：“于老师！郝老师！王老师！”

“又帮保安大哥送报纸啊！”几个年轻的男老师齐刷刷地转头对宋隽然挥手。

于老师向宋隽然伸手一抛，她伸手接过来，一块巧克力从网子中间飞到宋隽然手里。

“谢谢老师！”

宋隽然挤挤眼睛，调皮地拉着李默麒跑了。

“啪嗒”一声，宋隽然撕开包装纸把巧克力掰成两半，一半递给李默麒，另一半塞进嘴里，正好看见班主任走在前面，紧跑几步想要把自己刚藏的英文报纸递给她。

“高级货！只有高中部和国际部有！我给您私藏了一份。”宋隽然谄媚似的把报纸放在李默麒手里，让他给老师递过去。

本来老师看着英语成绩怎么也提升不了的李默麒一头怒火，但看着来之不易的英文报纸还是痛快地表扬了这个看不太上眼的学生。

此时的李默麒满脸写着感谢。

两个孩子速度很快，不一会儿就送完了所有报纸。他们还收获了几块巧克力，几块糖果，还有在学校里极度稀缺的两盒酸奶。

“说吧！你要带我去什么好地方？”

“快来快来！”作为报答，李默麒打算把宋隽然带到学校的顶楼。“来这里做什么？这不就是实验楼吗？”宋隽然很是狐疑。“别管了，你快上来！”两个人一前一后地跑着，朝着顶楼冲去。

两个孩子飞似的跑上5楼。

“你看那里！”沿着李默麒手指的方向，宋隽然眯着眼睛仔细看着。“那是……”宋隽然的眼睛亮了。

窗户是大大的落地窗，干净又漂亮，朝向东面，宋隽然一下子就认出了那个只露出一点“尖尖”的建筑。

“警官大学的高警楼！”两个人异口同声地说。“真想不到这里竟然可以看见警官大学！”宋隽然的心情十分激动。

“你再等等！我敢说过不了多久我还能找到。”

“再找一个警官大学的建筑吗？”

“那是自然，以后能看到警官大学的地方就当作我们的秘密基地吧！咱们以后就可以在基地里想象日后去警官大学上学的样子了。”

宋隽然的眼睛亮亮的，写满了对未来的憧憬。那一瞬间，她抛掉了对严振华的气愤，突破了思想的框框。

我以后要当警察。

宋隽然暗暗地想。

“怎么样！带我出来送报值得吧！”李默麒洋洋得意，“在学校得上天入地！虽说我在老师圈子里混得不是风生水起，但是找东西我可是很在行啊！”在这个美好的时刻，李默麒突然插进来这样一句话，猛地把宋隽然拉回了现实，日后无法改变的现实。

宋隽然有些落寞。

奶奶是无法改变的，若是改变，也只能改变自己。改变自己的什么？梦想吗？理想吗？信仰吗？

要把自己改变成奶奶希望的那样吧。

按部就班地上学，工作，嫁人，生子……

宋隽然心有不甘，男孩子的人生也会是这样吗？

她转头看了看李默麒，小伙子还在傻乐。

哎，要是一天天的能和他一样快乐就好了。

趁着李默麒沾沾自喜的时候，宋隽然嘴角露出捉狭的笑，脚底抹油悄悄溜了，一溜烟就跑到一层。

在楼下，宋隽然调皮地向上喊道：“李默麒，你下不下来，再不下来就要打上课铃啦！”

度过了初二，来到了学业繁重的初三年级，这一年因为有了李默麒找到的“高警楼”给了宋隽然一抹淡淡的安慰。那里成了她常常拜访的地方，她把少年的烦恼统统讲给了那个只露出一点点的“尖尖”，又把少年的喜悦挥洒在那一层的落地窗。

那个地方装满了宋隽然金色的梦想。

那里有她所有的梦想、遐想；有她数不清的烦恼与忧伤。但当她看见与她相隔着几百米的“尖尖”，她就又是一个活力无限的小小少年。

她的故事就在那里，那故事真漂亮。

所以，若是你问宋隽然相不相信男女友谊的话，她一定会给你肯定的答案！

李默麒不就是一个很好的例子吗？

褪色的藏蓝色

2018 年中考前夕。

哗啦——

宋隽然一反常态地把所有喜欢的东西全都从课桌抽屉收进了大袋子，还把铅笔盒上的字条扯了下来。课桌里的东西噼里啪啦掉在地上，吸引了很多人的目光。

李默麒显然第一个发现了“小老大”的异常，因为从宋隽然进班的时候，他就看见宋隽然眼睛里的光不见了，浑浊的瞳仁里有愤怒、鄙视、讨厌，面色那是相当的不善。

“你……没事吧？”李默麒小心翼翼地问。宋隽然没说话，抬下眼皮以示尊重。他想帮她把掉在地上的东西捡起来，却被宋隽然一把推开了。

看这一地，真热闹——有关警察的小说、犯罪心理学、警徽书签、警官大学校徽挂件……

“宋涵汐——”李默麒难过地望着她，“小老大！你……”小男孩欲言又止。他也不知道宋隽然到底受了什么刺激，“今天还去不去警官大学啦？”

警官大学？宋隽然手里的动作显然停顿了一下，但她说了一句李默麒怎么也想不到的话。

“你去吧，我已经带你走过了，你一定认识路了。”

一听这话，李默麒又怎么不着急？

“不行不行，校史我还不知道，木南桥怎么来的我也不了解！我们说好还要去那里做校友！”

宋隽然此时像个无法进行光合作用的植物，低着脑袋。

“你呀，什么都好，怎么就不好好读书呢？好好念书才能考警官大学！”宋隽然挠挠头，“以后帮我上一上，就当是我也在警官大学念过书了，然后你再告诉我在警官大学读书是什么感受吧！”

“小老大！马上就要中考了，你不要泄气啊！我答应你以后我一定好好读书，你不要这样！”看着宋隽然的样子，李默麒几乎是在哀求，“警官大学一定要上！一定要上！我们说好了的！我们要一起当警察，不是吗？”李默麒的眼睛里湿湿的，他真的不愿意看到并肩作战的战友突然毫无征兆地放弃。

“我求你了，哪怕撑过这几天呢！”李默麒已经在哀求她了。

“我试过了……”宋隽然也几乎是瘫坐在座位上，“我奶奶她不同意，如果我再偷着坚持，我怕会连累更多人。”宋隽然的眼神已然黯淡，“如果我再坚持，她可能会在训我的时候拉上我爸、姑姑、弟弟，甚至叫来她的兄弟姐妹。”小姑娘神情忧伤，“我更怕会拖累你……万一她来学校呢？万一她来说你呢？她那个当老师的脾气你又不是不知道……”宋隽然抬起头，“你是个多好的追梦的孩子啊！我奶奶破坏了我的梦想，我绝对不允许她破坏你的！”

“不行！这是我们的梦想！”听了这话，李默麒急了，“不论是你的还是我的，被人破坏我绝不答应！更何况是在这中考前夕！就算是你破坏了自己的梦想，我也决不饶恕！”

“我是真的试过了，只要有一丝希望我都不会放过，我奶奶咬得太死了，这次是真的不行了……”

李默麒低下了头，眉头紧皱，拳头越攥越死，思考片刻又放开了。小男孩起身走向自己的柜子，接着从自己的柜子里掏出一本杂志。

“一定要挺过这几天！你不要放弃！我们要中考了，一定要挺住啊！”他把杂志递给宋隽然，小姑娘低头一看。

陈三六帅气的身影赫然出现在杂志封面。

这是她想要很久的杂志，但怎么也没买到，想不到李默麒帮她买到了。

“求求你，别忘记我们这段并肩作战的时光。”李默麒恳求着。

“我不会忘记的！”宋隽然的眼睛一眨，泪珠顿涌，“永远不会忘记！”她深吸一口气，“今天真是对不起，但我绝对不能让奶奶破坏了我的梦想再来破坏你的！”

小姑娘努力遏制着自己的悲痛，收拾着自己的东西，“她就算把我揍了我都不怕，我怕她把我揍了又来惊扰你。”她看着之前和李默麒一起在警官大学上实践课的学案，强忍悲痛地转过头去，“为了更多的人放弃自己的理想，这也算是警察的做法了吧。”

是啊，宋隽然涣散的眼神下，那份坚决与坚定一直都在，但此时此刻，这些东西她不能再看一眼，再看一眼，她都无法控制自己对这藏蓝色深沉的喜爱。

可现在她不得不放下，这就是她的现实，她无法改变的现实。

宋隽然不知道自己要放下多久，也不知道何时才能再次把这宝贵的理想放在眼前。

也许这一辈子她都只能偷着喜爱了。

在李默麒忧伤的眼神里，宋隽然把自己曾经最宝贵的东西统统放在柜子的最深处，此时的李默麒一脸失落。

失落的哪里只有李默麒一个人？宋隽然感觉自己像被抽干了魂，没了以前的神采。

不只是李默麒，所有人都发现了，宋家的小刺猬成了小松鼠，也不知道被谁拔干净了毛。警官大学门口少了个喜出望外眉飞色舞的鬼马小姑娘，只剩下一个李默麒孤单地望着护城河的河水。宋隽然放了学就蔫头耷脑地去找宋熠文的车。

没有人知道她怎么了，只有严振华知道，但是严振华很满意。原来是严振华严肃地与宋隽然进行了一场谈话，并且坚决打消其做警察的愿望，看着宋隽然左右为难的样子，严振华做了一件可怕的事情。

“你想让我死了都合不上眼睛？好心人才不会让你当警察，那些鼓动你当警察的，我一个个都得问问，他们安的什么心。”严振华的眼睛似乎都要喷火了，“还有你们那个叫李默麒的孩子，他天天拽着你玩肯定没好结果，让我逮到他我得好好跟他谈谈，看看他怎么和你说的，让你这么想当警察！”

“不是的，不是的，和他们没关系，是我自己想当的。”宋隽然连忙解释。

“我不管，你想当警察肯定跟他们脱不了干系，你要想让我死了合不上眼，你就接着当去吧！”

严振华以这句话为要挟要求宋隽然放弃做警察的理想。

此话一出，宋隽然即刻懂得了自己要以最快的速度放下这个热爱的理想，倘若自己依然如之前一般，严振华真的可能为了要挟而做出很多极端的事。

或许是找到和宋隽然一样想当警察的朋友言语攻击，或许会在批评宋隽然时拉上很多人作为陪骂，或许真的会做出什么无法想象的举动……

不行，不行！

宋隽然面对的是严振华的步步紧逼，而她也必须站出来，因为背后就是无辜的同学和朋友，再后面自然就是严振华为她打造的深深的悬崖。

她是不可能对着严振华叛逆到底的，她也不可能把无辜的朋友推给严振华。

她又能怎么做？自然是顺着严振华的意思，然后把朋友安顿好……

最后只能跳进那深不见底的悬崖。

那是严振华为她精心准备的。

此情此景，宋隽然知道，一切都不可能了……

无论怎么坚持都不可能了。

严振华的脾气她知道，说一不二的人，你无法改正她腐朽的思想。

宋隽然只能默默祈祷自己以后可以做一个好母亲。

小姑娘低着头，瞳仁已然浑浊，“好，我答应，不当警察了。”

她绝不允许她的奶奶再去伤害其他人，而这个苦果也只能由宋隽然独自吞下。

严振华非常满意，因为宋隽然终于再度踏上了奶奶建造的道路。

初三毕业了，宋隽然来到了丰德中学，李默麒继续追寻着警大梦想。宋隽然偶尔会询问老友的梦想如何，但是她已经把那个藏蓝色的梦想装在了心里。

藏蓝色褪色了。

这是宋隽然少年时期少有的遗憾。

令她稍稍有些安慰的是，在她从珺大毕业后来到燕平的科学院时，李默麒已经成了个风华正茂的警察，他们还专门约了几个时间叙旧。宋隽然刚回来就约了李默麒在科学院门口见面，而这一次李默麒也特意邀请她来到她最爱的地方。

二十来岁的两个人再度见面了，现如今的李默麒高高大大的，完全不像初中时那根瘦弱的“豆芽菜”。此刻，他正站在公安部的门前穿着笔挺的警服朝着宋隽然招手。

“小老大！”李默麒把手拢成喇叭状，“快来快来！”

“默麒，好久不见，谢谢你带我来这里！”

两个人激动地拥抱握手，毕竟这个地方承载了他们太多念想。

原来是李默麒带宋隽然去了曾经最令他们憧憬的公安部，也是现在李默麒工作的地方。

宋隽然上上下下打量着公安部，也打量着李默麒，“这常服一穿上真漂亮！”宋隽然摸了摸李默麒的警衔，“一杠两豆，二级警司，小伙子干得不错啊！”说罢又拍了拍李默麒臂章的位置，“谢谢你替我穿上了，也谢谢你帮我念了一次警官大学！”

宋隽然是认识警衔的，尽管她身边并没有做警察的亲戚，但是热爱大于一切，她认得是非常熟练的。

“怎么突然跟我说谢谢了？咱俩认识这么久了你竟然和我说谢谢？”李默麒眼睛一瞟，“说，是不是有喜欢的人了？通通招来！”

“去你的！我有喜欢的人还能不跟你说？”宋隽然笑意盈盈。

宋隽然上学早，所以李默麒大了她整整一岁，对于长大后的宋隽然来说，李默麒像哥哥也像知己。

“咱俩可有一段时间没见面了，况且你这么长的时间都没接触警衔还能认得这么好！今天来到公安部，你可以一下认个够。”听老友这么说，宋隽然的眼睛笑成了弯月牙，接着一脸崇敬地看着面前宏伟的建筑。

李默麒看着眼睛里闪星星的宋隽然，嘴角扬起一抹淡笑，接着猛地摘下常服的大檐帽，又“啪”地扣在宋隽然脑袋上。

宋隽然来不及反应，下意识地双手扶正帽子，却已经被李默麒拉到建筑前的正中位置。

“手机给我！”

“哈？”

“手机给我，我给你留个影，我不能让你就这么把这个理想磨灭了！”

宋隽然的脸上尽是欢愉，毫不犹豫地掏出手机又激动地递过去。

李默麒向后小跑两步，“看我！敬礼！”

听到敬礼的口令，宋隽然几乎是条件反射般地抬起手。

那是刻在骨子里的热爱，流淌在血液里的反应。

李默麒毫不客气地拍了好多张，接着哭笑不得地昂起头，“咱别那么严肃，笑一笑，我这警服虽然不能给你穿，但你好歹也是带过大檐帽的人啦，开心一点。”

面对警服，宋隽然满是敬重，沉甸甸的大檐帽似乎再次唤醒了她少年时期的藏蓝色梦想。

小姑娘的嘴角扬起微笑，既骄傲又自豪。

刚刚拍完照片，宋隽然连忙端端正正地把警帽戴回李默麒的头上。

“这是属于你的，你要记得！你要好好爱惜。警察是我最想从事的职业了，你一定要把警服穿在心里，你要永远记得你是警察！”宋隽然用手把帽子上的警徽擦得锃亮。

“是！小老大！李默麒得令！”李默麒听了这话，感觉初中时的宋隽然正站在他面前，他感到那样心潮澎湃、热血沸腾，连忙以标准敬礼回应宋隽然。

两个年轻人继续漫步着。

“怎么样，漂亮吗？”

“嗯，真漂亮。”

宋隽然眼望四周，“是我以前想象中的样子。我以前就想，要站在窗前看着天安门，看着红旗飘扬、国泰民安。”他们继续漫步着，“我以前就想，长大了我一定要在这里工作，我想开着警车带我爸逛逛燕平。虽说现在在中科院，但心里始终装着这儿。”

“那你可得好好感谢我。”李默麒眼光一瞟，“我就知道你想来，为此我不知道申请了多少次。”一听这话，宋隽然连连道谢，“这么说我可得好好谢谢我们李大警官！”二人笑嘻嘻地相互对视起来。

“当然，还有一个人！你还记得那次在警官大学参加活动时遇到的老师吗？”

老师？

宋隽然站定，“那个给咱们上实践课的老师？”

看宋隽然还记得，李默麒微微一笑继续说：“上大学之后他成了我的老师，他看见我一下就认出来了，还不停问我你的消息。”李默麒低下头，“只是当我告诉他你没能考警官大学是因为家庭原因时，他觉得遗憾极了。尽管如此，他还是很希望能在警官大学看见你。”听了这话，宋隽然撇了下嘴，但又立刻恢复，“嗯……不如改天我们一起去看看他？”

“你当然要去看看他了，就是因为他知道你很想当警察却又当不了，所以这次他也帮忙申请了好久，我才能在今天把你带进来。如果只是我一个人申请的话，那咱们都得等着了。”

两个年轻人相约着下次一同去警官大学看望老师，接着又嘻嘻哈哈地聊了些什么，在楼里尽情漫步。

在那里，他为她讲述了警官大学的故事。

两个青年中的佼佼者相约在少年时代，他们终于像小时候所想的那样，漫步在最渴求的建筑里。那栋建筑见证了李默麒的理想，也是宋隽然心里最亲切的建筑、最亲切的土地。

心中的三六

对于宋隽然来说，提到警察，不得不提的人就是李默麒和陈三六。李默麒是宋隽然在初中的小跟班，陈三六则是宋隽然在初中的精神支柱。

但他们原本是毫无交集的。

燕平的地界很大，虽说宋隽然和陈三六都在燕海区，然而真的细说起来，两人的距离得相差十几里地。

因此要是这么说，两人更是八竿子打不着。

只是，在宋隽然中考完之后，她还是想要和这位心中的榜样好好表示一下感谢。

说来也巧，大概是她的文笔不错，毕业之际便得到了一个出版书籍的机会。虽然那本书中掺杂了太多严振华的手笔，但在那本印刷的书中，宋隽然还是毫不犹豫地表达了她对这位心中榜样的敬佩与感谢。

从书籍出版到宋隽然找到陈三六，中间间隔了半年之久。她怎么也没想到，与陈三六的第一次见面竟然是在微信视频上。原来在宋隽然糊里糊涂地找人期间，陈三六已经被调到另一个地方办公了。

在宋隽然去陈三六的原单位时，接待她的是陈三六的男同事。

“你找陈三六？可是他现在不在这里，调走一段时间了。咦，怎么那么多找他的，天天都有人来找，不过说来也奇怪，还真没有你这么大年纪的孩子找来过。咳咳……你找他什么事啊？”

虽然紧张，但小姑娘努力控制自己的情绪说明来意，同事听闻是来送书，饶有兴趣地翻看起来。

“哦，给他送书的是吧，等会儿啊，我给他打个视频电话，他要不接我可就没辙了。”男人低头摆弄手机，接着举起来，屏幕中赫然出现宋隽然的脸庞。

可一定一定要接啊。

宋隽然正焦躁不安地祈祷着，手机的屏幕忽地变成了陈三六，他先是与同事闲聊两句，接着毫不意外地问起来。

“这小姑娘哪来的？”

“你的粉丝吧，给你送书的，说是书里面写了你，要给你送过去。”

话已至此，宋隽然连忙自报家门，接着开门见山地提出此行目的。面对宋隽然的请求，陈三六倒是爽快同意了。

“不过我现在在分局，你过来方便吗？”

榜样讲话，岂能说不方便？

“方便方便！”宋隽然估摸了一下距离，满口答应。

二人又通过手机交流了几句，各自留了电话。宋隽然连忙感谢接待他的同事，箭步跑上车。

得知这个消息的宋熠文显得比女儿兴奋多了，既是喜上眉梢又是满面红光，连忙带着孩子驱车赶去。

高架桥上，路灯逐渐向后退去。宋隽然看着越来越近的目的地，不由得兴奋又紧张。

她的眼睛不断向车窗外看着，桥下的街边有打拳的老人，天桥上有贴膜的小贩，人行道上有赶往课外班上课的蹦蹦跳跳的孩子……

但是她现在就是不敢看目的地。

谁让那里有她的榜样呢！

此时此刻的她是既兴奋又害怕。

兴奋于即将见面，害怕于对自己的不自信。

但又怎样呢？

虽然在车上扭扭捏捏，但一下车，宋隽然又恢复了干脆的样子。

打电话告知到达、放电话、脱外衣……

燕平的冬天还是有点凉，可宋隽然为了表明自己的身份坚持要穿校服见偶像。当她看着陈三六从大门出来向她招手，她强装镇定回以微笑。

“您好，我叫宋涵汐，初中在燕海中学读书，现在在丰德中学。”

“你好，我叫陈三六。”

初次见面的陈三六并没有身着警服出场，宋隽然上下打量着只从电视和杂志上看到的偶像，脑海里不断思考着接下来该说什么，但宋隽然怎么也没想到榜样对她说的下一句话竟然是：“你只穿这么少，怎么来的啊，冷不冷。”

仅仅是这一句关心的话语，宋隽然一下不会回应了。

“嗯……这是校服，就是，嗯，想证明自己的身份；刚刚我爸爸开车带我来的，只不过不太好停车，所以他就没和我过来。”

第一次会面榜样的宋隽然略显羞涩，从来都是和别人侃侃而谈的她第一次简洁地表达自己对榜样的敬佩与感谢，送过书之后又聊了聊学业便打算告别。

这一次她是真害羞了，毕竟面对着很多人想见都见不上的偶像。

宋隽然刚要转身又猛然定住。

“我们自拍一张吧。”

宋隽然发出了见面以来首个邀请。

“好啊。”陈三六爽快地同意了。

于是二人拍下了第一张合照。

那时的他们并不知道，就在 5 个月后，他们又一同参加了活动，可再见面便是一年多之后了。

那未曾见面的一年里，宋隽然很想念他。

一来是因为他有些危险的职业，二来是许久没有从朋友圈里了解到他的近况。

约好时间，约好地点，宋家父女便赶紧驱车去看望陈三六。在这一年里，宋隽然又写了一本书，虽然也有一大半是严振华的手笔。可宋隽然坚持写了陈三六，所以哪有不给人家送书的道理？

于是宋隽然夹着提前准备好要送给陈三六的书，抱着几小瓶消毒液赶紧冲向大门。目光所至，刚好看见陈三六从楼里走出，宋隽然连忙腾出手来朝他挥动着。

陈三六又换办公地点了，这一次的办公地点是宋隽然从未见过的世界，一个全是车的世界。

漂漂亮亮的警车、无比帅气的巡逻摩托车、混在大街上根本看不出异样的车……

她仰起头，看到的是一个她认为应该属于她的未来的世界。方方正正的办公楼、平整的柏油地、规规矩矩的方砖、荡气回肠的大门……

曾经和李默麒一样的她属于这里，现在还属于吗？

“好久不见！最近好吗？”宋隽然把手里的消毒液递给陈三六，“嗯，还不错！”他朗声回答着，轻轻接过几个小瓶子，点头致谢。“那还挺好的，看您这段时间还挺硬朗！”宋隽然点点头，笑着回答他，接着把书摊开，按在方形的柱子上准备为他写赠言，提起笔，又放下，觉得应该再好好想想文案。

可不能就这么随便地写，这可是送给榜样的书！

想了想，打算下笔，但宋隽然手上的动作霎时间慢了下来。

还是希望这段时间可以慢一点，毕竟见面的时间实在太少了。所以小姑娘装作在写赠言的样子，再次提起笔很慢地写下“平安就好”四个大字。接着盖上笔，合上书，轻轻地把书递给他，感觉有些尴尬，便又有点害羞地说了一句：“做这个行业嘛，没有什么比平安更重要了。”大概是听了这话，陈三六也有些羞涩地接过书，不停地向宋隽然致谢。

阳光有些刺眼，但宋隽然总是抬头看着陈三六。看得出来，他确实比去年老了一些，而且似乎沧桑了许多。大概是发型换了，整个人显得岁数很大。这一次的陈三六如同第一次见到宋隽然的那样，尽管穿着便装出来，但让人一看就觉得是警察。二人就你一句我一句地闲聊着，宋隽然甚至感觉，岁月静好的样子也不过如此。

这是一个对宋隽然而言非常重要的朋友，虽然 2019 年才互相认识，但是宋隽然认识陈三六却早在 2016 年。他是燕海区乃至燕平市都小有名气的“风云人物”，认识他、知道他的人很多。

宋隽然则是这些人里最幸运的，因为在这群认识他的人里，少有人能最终与他相见。

在之前那段忙着和抑郁症打仗还要准备中考的时间里，这位朋友起了决定性作用。陈三六在宋隽然心中就是个殿堂级的榜样，成日成日想着的除了学习就是他。那时的宋隽然和李默麒都一根筋地想着一定要和他做同行，现在的宋隽然虽说和这个职业无缘了，但对这个职业的喜爱完全没变，不一样的就是把这种喜爱从嘴上放进了心里。

好像面对着陈三六，宋隽然永远都有说不完的话和问不完的问题，陈三六面对宋隽然也是那么耐心。二人上一次相见已经是前一年了，他们已经一年多没有见面。前一年一起出席活动时不知道是谁给二人拍过一张合影，总之在那张照片上，陈三六站得板板的，宋隽然偏头看他，那小小的眼睛里直冒星星。

这种神情，一看就是粉丝和偶像的“见面会”。

毕竟，宋隽然不知道陈三六会作为嘉宾出席这场活动，陈三六也不知道宋隽然竟然能成功报名。

宋隽然参加活动时一眼就看见了陈三六，老友在活动上见面自然都很惊喜。可宋隽然的关注点总是很不一样，她望向了陈三六的警衔和警号。

一杠三豆，一司，警号的开头不是字母。嗯，这是真的陈三六，这是我和李默麒都很喜爱的偶像。

在宋隽然的眼里，没有哪个警察会站成陈三六那样，身体永远是笔直的。

这一次见到的他也是如此。

高高的大门里是一个方方正正的建筑与整整齐齐的车，大门外又是茂密的树木遮盖着头顶。

这景色，与陈三六真是配极了，即使这次见面时的他没穿警服。

就算是这样，也真让人安心。

初中的宋隽然没少看陈三六的访谈，再加上那时的宋隽然在学校里私自组办了个“巡逻四组”，还笑称自己是扫黄打非刑事大队。

初生的牛犊不怕虎，早年间，宋隽然还总想着哪天见到真人可得好好显摆显摆。

不过等真见到的时候，脑子里只剩下一片崇拜。

宋隽然是幸运的，只有她走到了陈三六面前。

曾经的“四组”组员现在也都在努力奋斗实现自己的理想。印象中，曾经那个“特警大队的大队长”去了理工附中，“交通大队的大队长”去了师大附中，还有一个发誓要考警官大学的姑娘还在宋隽然的母校奋力拼搏着。

当宋隽然笑着给陈三六讲起这些往事时也有点悲伤，因为到头来最咋呼的小姑娘可能要转行学医了。

“嗯……其实……有可能你做了警察会发现，每天的工作和你想象中的不一样，也许会很枯燥。”陈三六得知了来龙去脉，连声安慰着宋隽然。

“其实我心里明白啊，当年那么痴迷其实也做好了很多准备。”宋隽然苦笑着，“但只要想起那句话，心里就真的很遗憾。”小姑娘的眼睛已经湿了，“我当警察不是因为觉得破案子好玩或者警服很酷，只是希望能做一个站在黑暗前的小盾牌。”

“但是，我奶奶说出来那句话，我就知道肯定是不行了，做不了了。”宋隽然背起手，“我以为她只是不愿意让我当警察，结果我发现她只愿意让我当医生。”说起这件事，宋隽然的手已经开始哆嗦了，她使劲扣住自己的手腕，但怎么也无济于事。

小姑娘低着头，毕竟面对的是榜样，她可不愿意让榜样看见自己悲伤的样子。

但是她也没看见，陈三六面对着宋隽然更是无尽的感慨。

陈三六看着宋隽然背在身后却不住哆嗦的手，心里感慨万千。他又怎么能不心疼呢？宋隽然一根筋想要做警察的样子和那些从小便希望惩恶扬善做英雄的男孩子有什么区别呢？

只是因为一个是男孩一个是女孩？

如果真的是这个原因，那就真的太不公平了。

此时的陈三六觉得应该说点什么，但看着小姑娘欲言又止。

应该怎么说呢？

“你知道我喜欢养花吧！”为了安慰宋隽然，陈三六找了一个特殊的角度，“我把好多多肉都救活了，看着它们成长的样子，我很自豪。”

宋隽然歪头听着。

“它们长成晶莹剔透的样子很好看，但在它们没有晶莹剔透之前，人们往往觉得它们是无可救药的。”陈三六翻出手机里多肉的照片。

“涵汐你是很棒的，看了你之前写的书我就觉得很棒。更何况你不是一个无可救药的孩子，你只是遇上了一点小问题。”陈三六再次挺直身子，“不是吗？”

“把警察放在心里，你不会失去这个梦想的。”

此时，目光灼灼的人是陈三六，他很期待看见宋隽然再度崛起的样子。

陈三六说过一句很著名的话，他说他是做刑警的，所以要让自己的生活有阳光，这样才能明白别人承受的苦难多么悲痛。

他的共情能力也是很强的。

大概是这个原因，所以他才能一秒察觉到宋隽然的情绪不太对头吧。

怎样才能把生活过得有阳光？

陈三六选择了养花和唱歌。

宋隽然也因为陈三六爱上了养花，一晃也养了四五年了。

太久没见了，二人聊了许久，说了许多，即使是站在大门口一切也都安然而有趣，一大一小这一站竟然就站了一个多小时。记得宋隽然还跟陈三六讲:“我还挺喜欢常斯礼的，因为喜欢他才慢慢好起来。”

临走前，陈三六给了宋隽然两瓶水，看着陈三六渐渐远去的背影宋隽然也默默为他祝福着。

确实是啊，干这一行没有什么比平安更重要了。

“回想起来，我转过身去，接着又回过头，却发现他也刚好回头看着我，我们又一次微笑着挥手。走出大门的一刹那，阳光正好透过树叶的间隙照在脸上，我的眼睛眯了起来。”此时的宋隽然给身边的队员讲着，“你们知道我最后对他说了句什么吗？”

听了这话，小个子带头摇了摇脑袋。“我对他喊了一句：你一定要注意安全。我的话音刚落，陈警官就脚步一顿，接着转头挥手。”宋隽然微笑回答，“这种情感真是不一样的，我们不见面的日子里我都会很挂念他。”宋隽然继续说，“所以每一次见面我都会对他说：你一定要注意安全。”

这句话仿佛有魔力，是宋隽然每次与陈三六见面必须说的一句话。

后来，李默麒幸运地和陈三六一起工作，当他们互相惊讶于对方认识宋隽然时，也迅速成了很好的朋友。世界很小，他们最终相遇了。

他们一起巡逻，一起站岗，一起出警……就是没时间好好聊聊，所以当他们共同面对着隔日的休假，当晚两人便决定出来坐坐。

那时的宋隽然已然在准备诺贝尔奖了！

“陈哥！”李默麒激动地握手，“您认识宋涵汐？”

“嗯，对！”面对宋隽然的朋友，陈三六仍然沉稳地回答，“我俩可认识十年了！你俩的故事我也有所耳闻，对于涵汐来说，你可是个重要的朋友呢！”

“您也是啊，我们小老大总是和我提到您呢！”说到这里，李默麒突然坏笑起来，“那么，陈哥您知道我们小老大的隐藏名称吗？”

隐藏名称？

陈三六笑了笑，“咱俩之间别用尊称，反正都认识宋隽然！”

两人哈哈笑着，聊起了宋隽然。面对宋隽然进入科学院的职业，李默麒也是真心祝福，可他的心里也有一道怎么都不好逾越的坎。

“就是可惜啊，她没能当警察。”李默麒低下了脑袋，嘴边的浅笑也迅速消失，“她本可以和我们一起在这里聊天的。”

“不，你别这样想。”陈三六的眼睛亮闪闪的，“她仍然可以和我们一起聊天啊！”

“你知道她当时有多痛苦吗？”李默麒喝了一口啤酒，“我看着她把她最心爱的东西藏进柜子的最里面，我看着她的眼睛从希望到绝望。”再次回想起当初，李默麒的眼眶也是湿的，“我刚开始以为，她痛苦是因为不能当警察，但我听她说完才明白，她是怕她奶奶把我的梦想捣毁……”李默麒把杯中的啤酒一饮而尽，“当年我学习不好，就她不嫌弃我，还带着我玩，所以我知道她想要那本你的杂志时，我跑了好几个报刊亭才给她买到。”

陈三六静静听着，心中不断被触动。

“我想着中考完再送给她，结果还没来得及……她的梦想就被她奶奶打破了。”李默麒又把酒杯斟满，“上次我们见面，默契地谁都没提她奶奶的事，我敢打赌，你下次见到她跟她提到她奶奶，她的冷汗都能立刻掉下来。”

“她奶奶我也多少有点耳闻，老年人嘛，传统观念重了点。”陈三六讲起来也是满满怜惜，“但是这孩子在哪个岗位也差不了。”

“啪”的一声，李默麒把一个黑本子扔在桌子上示意陈三六看，“我们初二那年正好赶上政治课本有变化，老师说可以搜集典型案例。我们小老大最积极，半年收集了20个案子，一条条写得特别规整。”陈三六阅读着，发现宋隽然还在每个案子旁注释了犯罪心理类型与自己对案子的想法。“陈哥，这不就和咱们现在写卷宗一样吗？你看她写的最后两个案子。”陈三六连忙翻到后面，却见本子只用了一半，后一半都是空白。“后来她奶奶就不让她写了，她偷着写了最后一篇，你看最后的日期就是我们中考那年的六月初……她为什么没再写，咱们都懂……”

陈三六的内心着实一颤，接着看向宋隽然写下的“结案语录”：虽然我的爸爸妈妈都不是警察，但我却想当个警察，我怀揣着梦想，渴望能英姿飒爽。看着那么多警察，心想着长大后我就成了你，守护成了我对未来的约定。守护家人，守护社会安宁……对于公安事业，我只想说，那不是工作，那是信仰……

“多么纯粹的热爱！”李默麒感慨着，“这个小本她奶奶当年逼着她扔，回家还要翻她的包。这里全是她的心血啊，所以舍不得，最后就送我了，我就留到现在。”

陈三六看着那略显稚嫩的笔迹，突然有些后悔之前还和宋隽然说也许警察的工作和她想象中的不一样。

这孩子压根不是因为觉得刺激才决定当警察的啊！

“这本子是她中考前给我的，考完之后我想还给她，我寻思着她奶奶可能就不记得这事了，可是她没要，说以后不能一起做同事了，把这个留给我当念想，所以我以为我们再也见不到了。最后，她领着我好好看了看护城河的水，看了看警官大学，接着我们便在木南桥上分别。”李默麒讲起伤心的往事早已是泪流满面，“当她背过身去，我就知道，这个小老大当不了警察了。”

两个大男人在碰杯后将啤酒一饮而尽。

“她不是离开了警察这个行业……”陈三六看向年轻气盛的李默麒，“她只是把警察揣在心里，走上了科研的道路，仅此而已。”陈三六的眼睛里焕发着星星般的光芒，“隽然和我们一样，一同建设着祖国，一同追梦，她的警服没有穿在身上，而是披在心头。”

“是啊！我们在公安部见面的时候我就发现了。”李默麒的嘴角漾起淡笑，“她就像个披着霞光的使者！”接着轻叹了一口气，“那时我就知道，当年那个神采飞扬的小老大又回来了！”李默麒望向夜空，又看向陈三六，“陈哥你知道我为什么在公安部不提她奶奶了吗？”

陈三六眨着眼睛，“在那之前的见面提了一回？”

李默麒用力点头，赶紧又喝了一口啤酒，“刚开始我们约了在科学院见面，所以她穿着白大褂出来的。白大褂不就是她奶非要让她穿的吗？所以我说了一句最让我后悔的话。”陈三六静静地听着，不时给李默麒添点啤酒，“我说，你穿上白大褂，你奶奶可算满意了吧……”

李默麒一下又把啤酒一饮而尽，“我的话还没说完，小老大的脸色一下就变了，给我吓了一跳，接着她的手就开始哆嗦。”小男孩大概是喝得有点高，脸色有些发红，刚要再次倒酒，被陈三六挡下了。“你再喝分不清东南西北了啊！还得我送你回家。”

是啊，桌子上的瓶装啤酒已经有四瓶被喝干净了，第五瓶也已经被喝下了一半。

可以肯定的是，这四瓶半有四瓶都得是李默麒喝掉的。

“陈哥，我是难受……我觉得我们小老大太无辜了。”李默麒依然是眼泪直流，“她奶奶天天这么弄她，她每一天还是努力过好，那年她才十几岁，她甚至放弃了她最爱的理想。我是真心疼啊……”见陈三六没挡，李默麒连忙又添了一杯，“我和小老大是绝对的革命友谊，可她当时都那样了，我却什么都做不了……”

“她很优秀的。”陈三六也喝了一大口啤酒，“她优秀的样子可能很少在家里表现吧。”

“陈哥你说得太对了，她在家里只会表现出碎催的一面。”一听这话，陈三六笑了，“你这年纪还知道碎催这个词？你们小老大教你的吧？”

两个男人接着干杯，将杯中的酒一饮而尽。

他们见过血肉模糊的案发现场，见过受害者的满面惊骇，但他们根本想象不出宋隽然这些年是如何走过的。

这么些年，宋隽然是怎么过来的李默麒无法想象，他想象不出宋隽然由小到大经历了多少东西，不但李默麒无法想象，陈三六也想象不出来。

但他们知道，宋隽然经历了太多太多。

“实话实说，以后小老大要是结婚了，她那位敢对她不好，我这个做兄弟的第一个不答应，只要当时没穿着警服，我就抄着板砖跟他干！”李默麒把酒杯往桌上一放，张望着酒瓶，陈三六迟疑了一下还是再次给他斟了一杯。

这友情，真让人羡慕。

即使李默麒已然从初中毕业，但是这个风华正茂的小伙子对于自己能当上警察，他始终觉得有宋隽然的一大份功劳，“我觉得，是小老大成全了我……要不是她，以当年我那个破分，也就勉强上个高中，大学考哪都不行，何况警大？”小伙子喝得昏昏沉沉，却仍然不肯放下酒杯，“是她那天把我说醒了……她奶奶要真找来学校，我真不知道怎么办，是她答应了她奶奶再也不当警察了，我今天才能穿上这身警服的……”

李默麒对于穿警服这件事是实打实的真爱，像个小孩子似的，穿上都舍不得脱，或许是有宋隽然的原因，他穿警服的时间几乎比需要穿警服的时间多了整整一倍。这个当警察的小伙子，初中时宋隽然的小跟班，在受工伤时忍受着剧痛不会掉眼泪，面对多凶险的案件也不会掉眼泪。可在说到宋隽然的问题上，他却红了眼睛还止不住地落泪。

他是很钦佩宋隽然的。

所以当身边有哥们撺掇着他追求宋隽然时，李默麒往往会一一回绝，他实在是怕他的小老大再受一次伤。他总是固执地觉得，宋隽然经历得太多了，他绝不让她再经历更多的情感波折。

摇头浅笑，“我要是想追还用等到现在？初中我们就是同学，十多岁不就可以开始了？我只是想让她自己决定，顺其自然，我们小老大从小就被左右着想法，现如今还不让她自己考虑自己的大事？”

可李默麒对宋隽然真的仅仅是友情吗？似乎也不是，有时候连李默麒自己都分不清。

如果只是敬佩，那自己那些感慨从何而来；爱情，好像还不够；友情，又肯定是超越了那层范畴……

总之那是一种介乎于爱情、友情和亲情之间的一种情感，因为对于李默麒来说，宋隽然是无论如何都要保护的小老大；而对于宋隽然来说，李默麒也是无论如何也不能失去的一位挚友。

“她说她喜欢常斯礼……她说常斯礼是她偶像，”李默麒的舌头已经打结了，但还是滔滔不绝，“因为……那天她本来是要去自杀的……”听到这个话题，陈三六的表情霎时间凝重起来，李默麒却没有停下的意思，“但是那天她突然要纪念常斯礼，所以就没自杀成……她就觉得是常斯礼把她救下来了……相比起小老大我已经很幸运了。”“嗯？怎么？”陈三六有些狐疑。李默麒双眼轻闭，笑道：“常斯礼去世的时候，小老大还没出生，所以小老大这一生怎么也见不到常斯礼这个偶像……但是，我却还能认识我小老大，还能和她做朋友……”

总算得知了所有事情的来龙去脉，陈三六的心头是沉沉的，“知道你挂念她！我也很挂念！”陈三六靠在椅背上，“等着吧，以后有的是机会让咱俩给她护航！她要真进了诺贝尔奖的候选，你可以天天盯着她的航班按日子去机场执勤去，到时候你还怕见不到她？等到那时，只要有空我就陪你一起去！”

陈三六再瞥一眼时发现李默麒已经趴在酒瓶堆里呼呼大睡了，只好无奈地摇摇头，独自前去买单，接着架起烂醉如泥的李默麒朝着出租车走去。

“后来陈警官告诉我，”宋隽然分享这件故事时尤为感动，“他架着李默麒的时候李默麒一直在说一句话，他不断重复着：我那个朋友特别想当警察，她是我的小老大，她真的特别特别想，就让我把我的警服借她穿一下吧……”

宋隽然在家中的童年虽不那么美好，但是家庭之外的她却总是被一个又一个的人温暖地治愈着，享受着和煦阳光地抚慰。

燕平 F5

对于上了高中的宋隽然来说，每天都会有很多事情做，每天都会有不一样的故事。不知怎的，她突然从对什么事情都提不起兴趣，变成了有些期待未来的样子。

有时宋隽然会坐在大石头上沉思，是不是因为喜欢了常斯礼又深受他的启发，所以才能把生活过得有滋有味呢。

“哈哈，抑郁症又如何，我照样要做自己的事情！”

宋隽然总是大声说着这句话鼓舞自己。

但是宋熠文是知道的，至少宋隽然在没遇见偶像前那一个星期，她的状态绝不是这样。作为父亲的宋熠文同样是怎么也想不到女儿的未来会是这样子的。他想，现在的时光对于那段时间来说，也算是未来了吧？如果这样说来，也算是一片光明。

高中时期的宋隽然偶尔会和李默麒聊聊天，她时常会问李默麒有关“理想实现得怎么样了”之类的问题，她还顺便联系了几个许久未见的同学，虽然相隔甚远，见面有些麻烦，但他们还是在网络上寒暄着；几人你一言我一语地聊着那些初中甚至小学的往事，坐在未来，回顾过去。宋隽然还叽里呱啦地对他们讲了好些关于常斯礼的故事。

当然，宋隽然的同龄人对于朋友的偶像是常斯礼这件事，也很是惊讶。

不过他们的惊讶与很多人不同，他们的惊讶是少有的“善意的”惊讶。

几个孩子仅仅惊讶于常斯礼与宋隽然的年龄跨度与时代差距。

但看着好朋友眉飞色舞，几人自然也接受了这个有些无厘头的现状。

不过说句实话，宋隽然还是挺感谢他们的。

至少在那个时候，还有人愿意和她玩。

毕竟抑郁之后，宋隽然是很少有心情和多余的精力来打理她的人际关系的。

而在这时，宋隽然的脑海里还能想出为数不多且会与她互动的朋友时，剩下的只有感动。

算上宋隽然共五个人，没有“第三人称单数”的友情黑洞，也没有尔虞我诈的塑料感情。

小许哥、柯亭、青森津轻、秭归……

叫他小许哥，是因为他很潇洒，F5 一致同意这样喊他。

叫她柯亭，取自古诗，她看起来也确实是个古典美人。

叫她青森津轻，因为她爱那日系的小列车；与宋隽然一样，她还爱充满烟火气的称呼和地点；她还告诉宋隽然，青森是太宰治的故乡。

叫他秭归，因为他一看便是书生，湖北宜昌的秭归县历史上多出名人；并且秭归出重要的人，秭归也是重要的地。

以小许哥为首，几人迅速成团打算约出来坐坐。

与大家许久未见面的宋隽然自然满口答应，还深情地在群里打字，“希望我们能永远这样定格，一直做这样不一样的好朋友。”

朴素的他们来到了繁华的古里屯。

五个孩子都不是城中心长大的，大部分人对古里屯不是很熟悉，而宋熠文带大的宋隽然因为四处闯荡的缘故对古里屯的项目与活动多多少少有所耳闻，于是大手一挥挑了一家好评如潮的密室。三年没聚团的F5终于来到这热闹非凡的地点来了场不一样的邂逅。

也是，与常斯礼的邂逅。

也可以这么讲吧！

原来在得知宋隽然的偶像是常斯礼后，小许哥率领剩下的三个好朋友悄悄给宋隽然准备了个惊喜。

他们挑选的主题正是由常斯礼参演的电影改编的。

大概都猜到宋隽然想感受一下偶像拍的戏，即使是几乎都没有参与过的惊悚题材，但为了宋隽然他们依然去了。

一阵尖叫过后，燕平F5更加熟络了，再加上很久未见，从密室里出来后大家都很轻松。

“今天这密室挺特别，怎么样，玩得开心吗？”瘦高瘦高的柯亭一边说着一边勾住宋隽然的肩膀。“开心，太开心了，谢谢大家！”

对于宋隽然的回应，小许哥不以为然地摆摆手，“兄弟之间不言谢，下次也要一起出来玩，咱下次玩个更恐怖的。”

听闻这话，其他人不寒而栗，毕竟在刚刚的密室里除了小许哥一个人毫无波澜，剩下四个小孩都是靠着大嗓门和连声京骂才得以过关。

五个小孩勾肩搭背地走在古里屯的大街上，从背后看，之前最高的宋隽然现在变成了最矮的，但又有什么关系呢？孩子们嘻嘻哈哈地打闹着回忆起从前。

对于他们的陪伴，宋隽然提出请他们吃顿饭作为小小的答谢，于是她把他们带到了自己常去的餐厅。

左拐右拐的，宋隽然轻车熟路把他们带到了一个门脸不起眼却味道很正宗的粤菜小馆——狮子山下。

“在燕平的狮子山下吃饭，肯定特别有感觉。”趁着大伙对着牌匾发愣，秭归突然说了这么一句话逗得大家捧腹大笑。

“这地方够隐秘，你怎么找到的？”青森津轻环顾四周。

“很多燕平人都不知道这个好地方，我能找到也是因为常斯礼。去年我到处搜刮着可以讲粤语的地儿，所以才顺利发现这个宝藏地点。”

其实前一天晚上宋隽然想了很多个聚餐点，但都被她一一否决了。

因为在繁华喧嚣的古里屯，宁静与朴素更加珍贵吧！

宋隽然总是固执地认为，朴素的环境会让人回归简单。而在这里，她能看见珺州 TVB 里茶餐厅的样子，彩色的玻璃，热气腾腾的饭菜，说着粤语的顾客……

“要是常斯礼来了，是不是也会迫不及待地来杯奶茶尝尝鲜？”柯亭看着这充满珺州风情的装修感叹。“他肯定会！谁让我们都是奶茶一族？”宋隽然挤挤眼睛予以回应。

在宋隽然的带领下，五个孩子推门而入。

果然，刚刚走进小店的 F5 立刻放下架子寒暄，顷刻间仿佛又回到了初中的样子。宋隽然张罗着大家点菜，又操着并不熟练的粤语和老板娘打着招呼。

“老板！他们都是我的朋友。”

“欢迎欢迎！谢谢你们！”

老板娘热情地回应着，又麻利地拿碗筷招呼大家。温暖的景象把许久未见的 F5 立刻拉成了异父异母的亲兄弟姐妹。

五个孩子七嘴八舌地聊着日常，又谈起初中的往事。

那些只有他们知道的秘密。

只比宋隽然大几天的小许哥，深思熟虑之后去了中医贯通；大她两个月的柯亭小姑娘，因为喜欢西南联大，背井离乡去了离燕平很远的云南求学；青森津轻与秭归竟然成了一对不可思议的情侣，他们就连上学都在花式秀恩爱，一个在传媒大学，另一个在只隔了一堵墙的外国语大学。

看着这些小伙伴都有了对未来的憧憬，宋隽然也不得不思考着自己的未来。

我的未来？将会是什么样的呢？

她沉思着。

但显然，她还没想好。

可在朋友们面前，想没想好都无所谓。

学中医贯通的小许哥，给她科普了很多关于中医的知识；学中文的柯亭，给她讲述了北方人学粤语的困难所在；学习新闻与传播的那对小情侣纷纷夸赞着宋隽然对于写作与演讲的能力。

直到今天，宋隽然都不住地感慨，能认识他们，真是挺好的！

“那宋院士，他们现在都在哪儿？”听到小个子的提问，宋隽然翻了翻手机，打开了几张相片，“你们看，小许哥自己开了个推拿馆，现在已经上明星榜了，在推拿正骨的领域上，小许哥绝对是专家，他还经常去医院讲课；柯亭现在是国际汉语教师，在大学任教，主要面对的是海外来华留学生的汉语教学，人家还兼职着电台的工作，粉丝真不少。”宋隽然一张一张往下翻，“青森津轻和秭归现在都在电视台，幕后之王就是他们，编导出身的孩子既浪漫又文艺，只要他们经手的电视节目，收视率绝对高。”宋隽然后面的几双眼睛都目不转睛地看着屏幕，“这是当年我们的合照，就在那家密室逃脱体验馆。”

照片里，小许哥一袭黑衣站在旁边，柯亭穿着上海滩的服饰用扇子增添妩媚，秭归和青森津轻站在另一边，小情侣牵手微笑。

他们不约而同给了宋隽然中间的位置。

一袭蓝衣大褂的宋隽然站在最中央，嘴角尽是笑意。

“那些年，我们还都不大，他们不过刚上大学，现在都成家立业了。”宋隽然看着照片尽是无限感慨。一听这话，小个子可来了劲，立刻学起了宋隽然的样子，“咳咳，等到回去咱们就去密室逃脱体验馆，怎么样，我请客！”

一阵哄笑后，大家异口同声地回答道：“说定了，可不许反悔！”

今天的宋隽然依然很幸运有这么多朋友，也很幸运认识了常斯礼。

岁月蹉跎，就连青年的宋隽然也开始感慨过去了。

难得的二人世界

在严振华的管理下，宋熠文和宋隽然父女俩很难有长时间单独相处的机会。但是，如果挨骂，普遍是一起被骂的。

的确，宋隽然已经很久很久没有单独跟爸爸走过她喜欢的胡同，也已经很久很久没有单独跟爸爸去过游乐园，甚至很久没有单独跟爸爸去过餐馆了。记得上一次跟爸爸去餐馆吃烧烤还是宋隽然提出的。

中午刚刚做完学校的活动，下午还要上课，宋隽然想起来出门前严振华告诉过，她昨夜没睡好，所以她叮嘱身旁的爸爸打个电话。

“嘟嘟”

“……”

“电话无人接听，请稍后再拨。”

电话里传来了熟悉的女声。

“奶奶没接，那我们不打扰她了，她可能在睡觉，早上她告诉过我昨晚没睡好，咱们去外面吃吧。”

很平常的一个决定导致那一天的严振华暴跳如雷。听说她觉得不回去吃饭就是没人在乎她……那一天的宋隽然好似真的有点绝望了……

“我做错了什么吗？”她一遍遍地问着自己，“我打电话是她没接，害怕她在睡觉，所以才没有再打回去啊！”

她思来想去觉得自己没有任何问题。

“你怎么那么混蛋？”这是那天严振华骂她的话，这句话已然深深地刻在她的心里，“别忘了是谁把你养大的，有胆你别管我，我死了就好了！我70多岁的老太太一天天的容易吗！没良心的东西！”严振华躺在一旁的床上怒不可遏地数落着站在边上的宋隽然，“给我气出个好歹，我看你怎么办！”

“对不起，是我没考虑周全……”宋隽然不断应和着，

但她又多想捂起耳朵，跑去墙角站着。

她不敢……

可她做错了什么？

“真的有人在乎我吗？”仿佛是深渊抛出来的问题，刺痛着宋隽然幼小的心灵。

但是小姑娘也懂了，对于严振华来说，打一个电话她没接，怕她在睡觉所以没有再打，表明了严振华觉得没人在乎她；但假若宋隽然一个又一个的电话打回去并且被严振华接起了，那么严振华只会觉得宋隽然是个不心疼老人的问题小孩。

总之，她怎么做都是错。

因为在严振华眼里，只有她自己是对的。

那天之后，她就怂了，因为她怎么也忘不掉那天吃着饭

接到了严振华的电话，然后整顿饭吃得坐立不安。

很长很长的一段时间里，她都不敢再向宋熠文提出出门吃饭的请求，因为她害怕自己的一念之想害得爸爸再陪着自己挨骂。

不过话说回来，她在家里的样子倒确实怂得像一只老鼠。

在她心里，几乎真的是奶奶至上，几乎真的是奶奶说什么是什么，她几乎真的一点主见都没有。

然而就算是这样，严振华还总是会因为一点小事就骂：上厕所忘了开排气扇会骂，窗帘没拉上会骂，纸袋子不小心拉破了会骂，碰掉了杯子碗筷也会骂。然而，最为戏剧性的是，如果她做错了事情，就没有任何事情。

原因很简单，这个家里，严振华就是女王。

因此在家里总会有这样一种景象：老人脸色阴沉，怒不可遏，男人和小孩做出被骂状。一切结束之后，老人则红光满面，喜不自胜，一旁的男人会拿着手机口沫横飞地讲电话。

“丫头，不生气了啊！奶奶老了，想的事情多。”宋熠文知道宋隽然每次挨骂后心情都不好，柔声劝道。

“嗯，是啊，话是这么说，可是被骂了还是会不爽啊！我觉得应该没有人喜欢被骂吧！”宋隽然一乐。

说者无心，听者有心。宋熠文慎重考虑，觉得这环境确实不适宜女儿养病，心里想着种种被训的场景。

“狗子剃了毛都不愿意出门啊！训我就算了，还总是羞辱。”宋隽然还在一旁发着牢骚，宋熠文却想好如何应对了。

“听我说，以后每周二、周四你就跟奶奶说上课外班。你就以这个为理由出去玩，随便去哪玩都行。只要爸爸有时间，爸爸就过来陪你！”宋熠文温柔地说。

他揉着宋隽然毛茸茸的小脑袋，望着她亮晶晶的泪眼，“没什么可怕的，知道吗？奶奶只是年纪大了，她的病和你一样，只是比你还严重，但是直接告诉她，她接受不了。”宋隽然点点头，她讲不出话来。她觉得爸爸说的真挺有道理的。从小到大，爸爸都会跟她讲道理，所以她总会觉得爸爸的话真的挺有道理的。

于是在后来的日子里，两个人在外面偷偷过起了一周两次的节日。虽然有时宋熠文会缺席，但是在那段时间里，宋隽然飞速地成长着。她好像突然懂得了人情世故，突然懂得了学习的重要性，突然又有了一个理想。

自从全家人禁止了宋隽然当警察的想法，她就已经很久很久没有这样有干劲儿了，她找到了活着的意义，存在的价值。

那天 F5 的聚会后，宋隽然就不住地思考着自己以后想做的是什么，然而在这晚，她似乎有了答案。

一个稚嫩的梦想也渐渐在她的心里种下了种子，慢慢地生根发芽了。

花儿盛开要有一个过程，然而，种子发芽似乎是一夜之间。

“我想研制出来一种药，那种药可以治好常斯礼先生的病！虽然那病不好治，但是我要努力把他治好！”当她有了自己的答案时，她也止不住开始幻想了！她幻想着把药交给尚在病中的常斯礼。

小姑娘脑中刻画着她心想的过程：如果药研究出来了，我猜想最紧要的就是发明时光机了吧！只要时光机发明出来，我一定要坐着时光机，把药递给你，然后亲眼看着你吃下去。我猜，你这么热情这么好客的人，一定会问我："虽然你是我的粉丝，但是你帮了我这么大忙，我肯定要送给你一些什么呀！"这个时候我肯定会微笑着摆摆手，"谢谢！但作为你的粉丝，我又怎么会向你奢求些什么呢？只要让我看一场你的演唱会，我就心满意足啦！"

好在小姑娘没有止于幻想，而是已经尝试起了自己的课题研究，她并不擅长化学和生物，但是为了偶像她愿意拼一次。

再次走入高中时的她不厌其烦地把自己的想法和老师同学交流，甚至在高一就已经尝试学习着大学药理。老师们都觉得她不行，因为小小的年纪配上天马行空的想法……这似乎怎么也不能实现。

"如果你不嫌弃我，也许你的有机化学我能帮上忙。"高一伊始，宋隽然的同桌便发现了小姑娘独特的想法，"我的化学还算说得过去，我觉得我可以帮到你，你需要吗？"

她的同桌看起来比她稚嫩多了，但宋隽然还是决定试一试。

那一年，宋隽然十五岁，她并不知道自己这个小小的决定会铸就她在十一年后站上世界的领奖台。

两个小姑娘在高中的校园里谈论着大学的药理，最终二人一起得出的结论使得宋隽然在大学的研究规避了很多障碍。

“那个小姑娘后来去当老师了，倍儿踏实，倍儿低调。”宋隽然分享着，“给你们看看我们当初研究出来的理论。”宋隽然翻着手机，“这小姑娘真是人如其名，平易近人。”

“宋院士，她叫什么？”李蓦然第一次抢话问道。“别急别急，她叫小易。”宋隽然的嘴角露出了不易察觉的微笑，“她还没谈恋爱，有需要的抓紧啊！”

队员一齐哄笑着，看向宋隽然与小易一同得出的原始结论。

来自中国的佐藤小朋友

因为逐渐了解了常斯礼，宋隽然确确实实收获了很多很多的快乐，她不但加入了常迷的小圈子，也加入了常迷的大家庭。巧的是佐藤雨轩也在这个团体里。

在这个团体里，大家互相加个微信是很正常的事情，但宋隽然的年龄问题使她一直不敢迈出第一步。

直到她在微信群里看到“佐藤雨轩”这个名字。

宋隽然刚开始确实以为她是一个日本人。

不过看见这个名字，以为这个人是日本人，也并不奇怪。

佐藤雨轩。

乍一看似乎真的是日本名，可是你如果再仔细往后看一看，叫“雨轩”的日本人你见过吗？

反正宋隽然没见过。

可如果硬说她是日本人？

这中国话说得也太好了吧？怎么可能会是日本人呢？

宋隽然的心里犯嘀咕。

可得想个办法跟她搭个话。

小姑娘眼皮一抬。

这头像，这头发帘儿设计得好！

原来那个名为佐藤雨轩的头像是常斯礼在《今夜未设

防》电影里的截图。

可是如果你仔细看，你会看到常斯礼白白净净的额头上多了一层粉嫩而可爱的头发帘儿！

大脑最终没跟上手，宋隽然点了那个佐藤雨轩的头像。

“我喜欢那个头发帘儿！”

这是宋隽然与她说的第一句话。

“哈哈哈，我也喜欢！”

这是佐藤雨轩回宋隽然的第一句话。

宋隽然觉得好有趣。

聊着聊着，佐藤雨轩率先发起了加微信的申请。

“嗯？”

宋隽然惊讶成了一个表情包，但她还是随即接受了申请，接着耸了耸肩，“哈哈，常迷一家亲，都是朋友，为什么不呢？”

她当然不知道，她做的这么一个简单的决定，成了改变她一生命运的重要决定。

一个从未谋面的网友，成了她的一个很重要的朋友。

因为常斯礼来自珺州的原因，宋隽然为了听懂常斯礼的各种访谈，佐藤雨轩成了她最好的老师。

她来自珺海，珺海的官方语言除了普通话就是粤语，所以让佐藤雨轩来教宋隽然是绰绰有余。虽然宋隽然的粤语口音有点奇怪，可佐藤雨轩还是耐心地教着。

对于粤语，宋隽然本是一句都说不利索的。

但经过佐藤雨轩的强化训练，几个月后的宋隽然便可以轻松地和珺州朋友谈论有关常斯礼的一切。

此时的宋隽然和队友们讲时，小姑娘依然毫不吝啬地表达着对佐藤雨轩的感谢，“她起到了很重要的作用，不只是语言上，心灵沟通上也是一样。”

小姑娘看着大家，“其实对于常斯礼的很多认识，我的来源也是这位叫佐藤雨轩的姑娘，她提供了很多帮助，对于当年年岁尚小的我来说，她对我的帮助是很大的。”

当年的两人就那么你一言我一语地说着，也逐渐敞开心扉。

而对于当时抑郁症很是严重的宋隽然来说，能对宋熠文以外的人敞开心扉，自然是再好不过的事。

也因为如此，宋熠文是愿意女儿交网友的。

他明白看到自己喜欢的事物却不能与别人分享是多么难受，他希望宋隽然能在一片草长莺飞中与自己喜欢的人分享喜悦。

不论大小，只要是个朋友。

“哈哈哈，原来你不是日本人呀！我看你的坐标在珺海，你的粤语讲得很好吧？”

“嘻嘻嘻，当然啦！我可是中国人！而且我住在珺海，粤语就是我的母语！”

“我很喜欢，但我说不好，因为我的坐标在燕平，没有粤语环境，所以我说出来的口音是很奇怪的。”

“我希望你一直快乐！”

“我也希望你一直快乐呀！”

“我是 2003 年的，你呢？”

“哈哈哈，我是 1999 年的！我是学外语的，所以一般都不叫中文名，都叫英文名。”

“哇，你好厉害呀，我的英语可差了。”

“才上高一没关系呀，慢慢来！”

佐藤雨轩逐渐知道了宋隽然的小秘密，宋隽然也经常做佐藤雨轩的“小糖豆”。

据佐藤雨轩介绍：宋隽然唱常斯礼的歌那是笑死人不偿命；宋隽然说粤语的声音软糯糯的，很有趣；宋隽然可以令她十分感动又突然让她笑得肚子疼。

然而……宋隽然至今都不知道自己为什么那么好笑，好笑到能使得佐藤雨轩笑出八块腹肌。

往后的日子里，不论是风雨交加的黑夜还是波涛汹涌的生活。宋隽然都会和那个远在珺海的朋友分享，宋隽然自己说：“那是因常斯礼而相遇的朋友。”

没错，常斯礼的魅力就是这么大。

1999 年的佐藤雨轩和 2003 年的宋隽然，应该都属于年龄较小的常迷。

不过作为大姐姐的佐藤雨轩可比当时的宋隽然厉害得多。宋隽然刚刚上高一的时候，佐藤雨轩就已经是学外语的大学生了！虽然她自己还有些嫌弃自己的美式口音，努力想转成一口英伦腔。可是在宋隽然眼里，那一口流利的外语真是令她羡慕得不得了，因为宋隽然可是一个想考珺州大学的小朋友呢！

慢慢学会了学习

“我承认我确实不聪明，成绩虽然不好，但也算不上很差吧！”在日记本上，宋隽然一笔一画地写着，接着看了看正在不知道学什么的爸爸，笑着收起了日记。宋熠文偷偷抬头看了女儿一眼，继续笑着拿起了书。

在宋隽然的书房内，父女俩经常一起翻译宋隽然写给常斯礼的英文作文。晚上的这段时间，房间里不但会充斥着各种奇葩的中文翻译，也会充满笑声。这个时候的屋里十分热闹。

兴致来了，宋隽然还会来一曲小提琴“锯木协奏曲”，假装惆怅地来上一句:“我拉的不是琴，是寂寞……”

即使在家里的快乐时光总是被严振华不合时宜地打断，但父女二人依然很开心。

“过来，爸爸教你做饭！”家里用的还是不知道几十年前的大铁锅，宋隽然从小就用这口锅吃饭。然而就是用这口比煤还黑的锅，宋熠文教会了宋隽然很多道菜。

“尝尝！”

“这太好吃了，简直是世间美味！”每做完一道菜，宋隽然都会这样称赞。

在日记本新的一页，宋隽然用英文写道：“爸爸说期中考试之前不用复习，开心就好，尽全力就行，他相信我。突然从一个必须学习到一个可以不用学习的环境里，我还真有点不敢放松。”

宋熠文带娃可是出了名的有一套，既能降得住，又能保持良好的亲子关系；既能做父女，又能做哥们儿。他最擅长带着孩子用看电影的方式游山玩水，用看书的方式尝遍世界美食。

对于宋隽然来说更是如此，家里家外，她最喜欢的就是和爸爸在一起，和爸爸在一起的日子无论有多无聊，对于她来说都是最珍贵的。

有爸爸在的地方就是家，不论简陋还是富足。

对于宋隽然来说，爸爸就是她不可缺少的有力臂膀，是她心中唯一一块坚强的后盾。

面对日益长大的女儿，宋熠文更是感慨万千，看着小姑娘从一个白白嫩嫩的“小团子”成长成一个婀娜多姿的少女，况且骨子里还有着独属宋熠文的洒脱率真。

对于这个女儿，宋熠文满是骄傲自豪。

有时，宋熠文会带着宋隽然在娃娃机前面抓娃娃，那时会有一对对路过的父女朝着他们投以艳羡的目光。宋熠文经常说：“我和我女儿应该是全世界关系最好的父女了！”当他说起这句话，眼神里是藏不住的骄傲和自豪，毕竟这是他一手带起来的“好哥们儿”。

房间内，宋熠文带着宋隽然一起看书，一起翻译写给常斯礼的英文作文。宋隽然的手机上有一条2015年的信息，屠呦呦荣获诺贝尔生理或医学奖，成为中国首位获得诺贝尔生理或医学奖的得主。

宋隽然再次以惊人的速度成长着，同时还有她那燃烧的心。

只有增加自己的知识，才能见到更广阔的天地。

宋隽然打定主意，一定要考出去，走出燕平，去看看更远的地方。

她才不想一辈子都禁锢在严振华脚下，她要寻找她的蓝天。

雏鹰展翅，乳燕高飞。

期中考试的分数下来了，宋隽然裸考年级第三十，班级第七。

“你看看，我就说吧，你是很聪明的，很有天赋的！”宋熠文似乎为了向女儿证明自己说的话，夸张地对女儿比画着，“说吧，想干吗？只要不是让我摘个月亮、摘星星，只要不犯法，我都答应你！”

“我想把这首诗送给童大飞先生。你能帮我寄给他吗？”宋隽然低着头递给爸爸一首诗，“这首诗歌颂了他和常斯礼先生的真挚友情。”宋隽然怕爸爸不相信，连忙又说了一遍。

宋熠文愣了一下，接过写着诗歌的纸上下打量，随即说了一句不可思议的话：“爸爸一定会让你见到他，这些事情你亲口跟他说！”

这一次，宋熠文和宋隽然的身份似乎调转了过来。

宋熠文胸有成竹，宋隽然很是担忧。

那一晚，宋隽然失眠了，一直到早上八点，她才终于睡着。

那天晚上，她听着爸爸均匀的呼吸声从另一个屋子传来，她听着严振华的呼吸声从自己身边传来，可她却怎么也睡不着，想着爸爸答应自己的话，心情逐渐沉重起来。

“怎么可能呢？根本找不到他呀！怎么找？完全没有头绪！”宋隽然躺在床上想着，“可是，如果像我说的寄给他，似乎也不现实。”她继续想着，“没有电话和地址怎么寄？”

“啊啊啊！”宋隽然轻声发着牢骚。睡在她身边的严振华突然翻了个身把她吓了一跳，她连忙闭上眼睛装作睡得很熟的样子。

均匀的呼吸声再次传来，宋隽然小心地睁开眼睛，夜色映在了宋隽然明亮的瞳孔上，她在看星星，看月亮。

明明是同一片穹顶之下，也明明看到的是同一个月亮，但在茫茫人海之中找一个根本不认识的人可真是太麻烦了。

“思念的距离是从燕平到珺州，绝望的距离是人间到天堂。”这是她从某个社交软件上看到的一句话。

“唉……”宋隽然长长地叹了一口气，小心地翻了个身，竖着耳朵听严振华的动静，接着望向明亮的夜空，望向璀璨的月亮。

“常斯礼先生，我就是送给童大飞几幅画，送给他一首歌颂你们友谊的诗，再与他商讨商讨书籍出版的问题。我知道他可能会紧张，哪怕我们见面不合影都可以。请问你会答应我的请求吗？”宋隽然用英文在她的英文作文本上写了这样一段话。

一晚上很快就过去了。早上八点，她终于沉沉地睡去。在她的梦中，常斯礼先生给了她回应，给了她期盼了一个晚上的回应：宋隽然梦见自己与童大飞先生相见了。

你不许再难受

一直以来宋隽然都有一个和其他患者相同的问题：“明明是人人都有可能得的病，为什么大家都不知道呢？”她作为一个抑郁症患者，是明白的。

没人觉得我得病了，他们只是觉得我想太多——这多为抑郁症患者的常态。

然而患者很敏感，你只要有一点不耐烦或者不信任，他就会缩回去，并且其一旦觉得你不理解或者不诚恳，他们马上就会开始“装”。很多抑郁症患者在他们能够自控的时候，是可以表现得非常彬彬有礼，善解人意的。

于是乎，没人觉得他们得病了。

宋隽然也是深受这种想法坑害的患者之一。

她印象很深刻，大概是患病中期的时候，严振华天天对她说：“感觉好了吧？别得病了，能不能别这样了？你要再难受，我可就生气了。不许再说难受了！”

结果宋隽然为了照顾严振华的感受，便几乎再也没跟她说过难受。

然而这对病情的好转是毫无用处的。

这一切的一切，严振华并不知道。

当患者开始“装”的那一刻，内心就承受了不被理解和不被接纳的痛苦，像一把尖刀扎向心脏，显然宋隽然也一样。她真的被这种病折磨很久了。

虽说她没有重度抑郁的感觉，但是也体验了失眠、早醒、号啕大哭、自残等一系列的抑郁症状。

这一切，严振华都不知道。

她无法接受孙女得了病，她无法接受孙女没有她想象中的完美。

她觉得孙女就该如她想象般的优秀。

她不懂。

所以后来宋隽然干脆也不把难受告诉她了，省得自己挨训，严振华着急。

严振华并不明白对抑郁症患者说:“想开点，正能量一点。”就好比对病理性秃头的人说:“多吃点芝麻让你的头发赶紧长出来吧。”她常常带领一群人来说教宋隽然，“你都会得抑郁症，那些先天残疾的就不要活了。”“谁还没有点压力，动不动就得抑郁症也太矫情了。”

每当听见这些，宋隽然什么也不说。

她只是开始期待着能做一个和常斯礼一样努力的人，期待着可以彻底医好常斯礼先生的疾病，她期待着有一天可以面向世界说出来:“有那样一群人，他们给予了我光明！”

这都是一个死里逃生的孩子能够看到的光明。

抑郁症，难道真的只是想太多吗？

抑郁症，难道就只是心灵脆弱吗？

抑郁症，难道只是感觉很“丧”吗？

不，那不是！那是一场人人都可能被侵袭的疾病，那是一场大脑的感冒。

得了感冒，是自己的错吗？

即使是平日里最乐观最开朗的人儿也有可能受到抑郁症的侵害。在疾病面前，每个人都是平等的。

上初三的时候，宋隽然总会数着天数想，什么时候才能见到学校隔壁派出所的副所长呢？

上初二的时候，有同学问她：“哎，你想没想过要自杀呀？”

宋隽然回应的话，至今她自己都记得很清楚：“嗯，想过，但是我不会那样做的！以后我还要当一个优秀的警察呢！”

幸运的是，她得的是非内源性抑郁症。所以大概有个生的希望，不管面前遇到多大的困难，都不会自杀的！

在很多人的帮助下，她活下来了。

现在的宋隽然已经可以用最轻松的语气讲出那段经历，然而当时和抑郁症的战况完全可以用惨烈来形容。

严振华依然固执地认为她的孩子是最优秀的孩子，比那些自杀的人优秀100倍。

宋隽然已经不费口舌了，总之她认识的人里只有严振华不知道她喜欢常斯礼这件事情。

“如果你是真的喜欢，那你就一直喜欢。谁说也不要放弃。”宋隽然将这句话死死地刻在心里，这也成了她喜欢常斯礼的最后一道防线。

“所以说啊，同样的，如果你身边也有这样的患者，请你不要劝他想开，你只要给他一个拥抱或是听他讲话就好，我猜那时他会很快乐的！”此时的宋隽然面对着整队的队员淡然地说，“咱们自己是做这个的，我们更要明白他们需要的是什么。”

“其实，只要多一点关心和宽容，非内源性抑郁症的病人真的会好很多。很多人都是‘不能生病的人’，所以他们觉得自己不能生病，生病也是因为自己错了，与别人无关。可是，生病了和自己有什么关系呢？没有人愿意生病。”队里不知道谁说了一句。

“我以前真的是不知道的。”宋隽然看着大家，“直到我碰见了我的一位同学。”她轻声地说，“遇到她之前，我从来都不知道，吃饭慢一点是不会被骂的，实在撑得不行剩下了也是没有关系的，衣服是可以穿合身不用买大一号的，浅色的衣服好看就可以买来穿，生活中矫情一点也是可以的……”

其实宋隽然也是可以这样的，只要家里做主的是宋熠文。可惜，在严振华的管理下是绝对不可能允许上述事件发生，在宋隽然和宋熠文的印象里，自己似乎都没有穿过合身的衣服，一定要买大很多的；在宋隽然的印象里，吃饭慢了仿佛是滔天大错，从小她就要保持严振华要求的速度……

“我喜欢浅蓝色的衣服，但是奶奶不让买，因为不耐脏。

奶奶也不让买带领子的，也是因为容易脏……”宋隽然有些难过，“从小我很少穿浅色衣服，只要不是裙子，买的很多衣服都很中性。”宋隽然并不开心，“因为奶奶告诉我，我和弟弟身高差得不是很多，所以我的衣服买中性一点，弟弟就可以有更多的衣服选择，他如果喜欢我的，就可以直接拿走穿了。”

“可是……弟弟就无所谓，弟弟买什么款式都行……只要他喜欢……”

小队只剩一片寂静。

“这样真的不好。至少这绝对不是为了我好。”

“其实对于病人来说，哪怕家人只说一句：没事，想哭就哭吧。他们都会放松很多。”小个子听了宋隽然的话也认真回答，“咱们来做这个，不就是为了能彻底攻克这个大脑的感冒吗？咱们的研究方向不就是为了无论是不是内源性抑郁症的病人都能治好吗？到时候咱们拿着奖章回去，大伙肯定都很欢喜！”

“就是就是！”大家连声附和。

“宋老师，您没有被打败，不是吗？”小个子看着宋隽然动情地说：“面对不公平的奶奶，您站住了；面对抑郁症，您也站住了，不是吗？您从来没有被打倒过，您一直在努力反击，不是吗？”

“对啊！”李蓦然也发声了，“您才 26 岁，但我们第一阶段试药的时候，还是您第一个站出来的，您真的很勇敢！”徐谦霖思考片刻连忙回道，“试药失败后，您的病症明显严重了很多，但是您不是克服了吗？还是您带领我们走到这里！您真的很棒！”

“对啊！您真的很棒！”小队的队员纷纷对宋隽然予以肯定。

第一阶段的试药工作进展得并不顺利，对于内源性抑郁症，病人和家属普遍都会选择保守治疗。面对着内源性抑郁症志愿者寥寥无几的情况，宋隽然去找了自己的精神科医生，挨个找患者做工作，最终才凑齐。但是为了证明未患有内源性抑郁症的人服用药物之后不会有副作用，他们还需要找健康成人进行最后的试验。

好不容易说通了内源性的患者，但未患有内源性抑郁症的志愿者怎么也找不出。面对这样复杂的状况，宋隽然果断选择以身试药，作为实验员的她本是不允许试药的，但面对寥寥无几的志愿者，院长最终同意了这个冒险的方案。

因为药物的问题，宋隽然手抖的毛病愈发严重，有那么一段时间，她甚至拿不好筷子，就连夹菜等基本动作都无法完成。也是因此，她的反应证明了实验没有完全成功，虽然内源性抑郁症患者治疗效果很好，但她的反应说明了这种药物对未患有内源性抑郁症的人会有副作用，因而最终宣布第一阶段实验失败。

失败了，但是不能说……他们不能发泄，也不能吐槽。

实验还在保密阶段……

面对身心的压力，宋隽然带领小队重整旗鼓再次对抑郁症发起挑战。

好在二三阶段的药物实验全部成功，当宋隽然再次以身试药时，一切反应都很好，其余队员受到宋隽然的影响纷纷加入了志愿试药的团队，最终证明了没有抑郁症状的人服用此药不会有任何副作用。

这一切标志着实验正式成功了，药物得以投入临床使用。新型药物的上市终于让国内抑郁症治疗有了突破性进展，内源性抑郁症患者的治愈率明显上升。

但对于宋隽然来说，手抖这个毛病基本就算落下了，压力和紧张等负面情绪较大时，她的手抖尤为明显。她只宣称这是曾经抑郁症的症状。她以为小队成员不知道，这手抖的症状是试药的后遗症，但如此关心她的小个子作为实验员，小队成员怎么会不知道呢？然而面对宋隽然偶尔的怀疑，小队成员仍然会装作不知情的样子。

即使手抖的毛病一辈子都可能治不好了，可宋隽然还是很高兴。

看着队里的战友，她恢复了往日的神采。

“越来越多的人都被治愈了！这是多好的事情啊！”

听到宋隽然这么说，小组的成员们连忙翻阅起这些年的数据资料，眼神尽是欣喜。

“咱们一定要让每一个抑郁症患者都好起来！”不约而同地，屋子中的每个人都信心满满地站了起来。

奇特的若明阿姨

事实上，在宋隽然的成长当中还有一个人起到了决定性作用。

没错，就是刘若明。

只不过，宋隽然从来都不叫她刘阿姨，她就喜欢叫若明阿姨。

你以为在刘若明的生活中只有她自己？

并不，他们家可是一个庞大的家庭！她自己有一个老妈妈（宋隽然一般会叫姥姥）；她自己还有一对双胞胎妹妹（宋隽然一般会叫二姨和小姨），而她的那两个双胞胎妹妹也已经有了各自的家庭，她的大妹妹有一个可爱的小男孩（宋隽然一般会叫他小红果）；而人称“锐哥”“茂爷”的两位先生，宋隽然往往会朗声叫其“二姨夫”和“小姨夫”；她还有一个大宋隽然三岁的女儿（宋隽然一般叫她淼淼姐姐）。

你以为这就完了？除了这么多人，还有一只鹦鹉和一只小泰迪（虽然这两位“大小姐”脾气都不怎么好），据若明阿姨介绍：因为鹦鹉的身上只有红色和蓝色两个颜色，远看就像是火苗，所以鹦鹉的名字叫火力全开；泰迪的毛发总是长得很快，长的时候感觉乱糟糟的，看着像只流浪狗，所以叫姆哈姆德。

就是这样一个热闹的大家庭，在宋隽然高中的成长经历中起到了非同寻常的作用。

抑郁症，伴随了宋隽然整个童年的病，因为六岁的头痛，七岁的肚子痛，事实上都是儿童抑郁症搞的鬼。然而在她 16 岁的时候突然正式诊断，确实给宋隽然带来了很大的不便。别的不便都可以放下不说，然而开朗小孩开始怕人的这件事的确给宋隽然带来了不小的麻烦。

父母离异确实使得宋隽然失去了“父母吵架”带来的伤害，然而严振华一次又一次地训斥给宋隽然带来的伤害也是不小的。

若明阿姨与焱焱姐姐出现在宋隽然的世界里，那还是她没上小学时候的事。那个时候，处于熟人之上朋友之下的她们着实是给宋隽然带来了很多欢乐。

从熟人变为朋友，还要从那天说起。

那天晚上，宋隽然第一次出现了强迫症的症状，她把她的眼镜抠掉了一大块漆。不过这并不是她本人的问题，因为那天夜里她听见严振华愤怒地训斥着宋熠文，于是导致的直接结果就是那天晚上她失眠了，她失眠到凌晨三点多，早上起床后迷迷糊糊地跟着宋熠文去上学。

车上的气氛非常低沉。

“我今天能不去学校吗……”宋隽然率先打破了沉寂的气氛。

“……”

“我不是故意的，昨天奶奶训完你之后，我三点半才睡着。”宋隽然颓然地靠在座椅上小声说，“其实我是很害怕的。”

“那么晚才睡，很难受吧。”半晌，宋熠文终于说话了，虽然他正把着方向盘，但是余光一瞥竟看见宋隽然手上有着奇奇怪怪的伤痕。

纸划的？不像，一点也不规整；削水果切到的？更不像，怎么会有那么多条？

不对！

作为医生，宋熠文怎么会没有这个意识？抑郁症的患者往往都会自残的。他再定睛一看时，发现小姑娘的手在隐隐颤抖。

“很疼吧，爸爸很心疼的。”听了这话，宋隽然下意识地捂住伤口。看着这个举动，宋熠文怎么会不心疼呢，“答应爸爸，今天少划一刀，明天记得吃药，好吗？”

小姑娘沉默地点点头，她习惯了抑郁症将她折磨得心如刀绞之时不麻烦他人，所以才会选择自残这个无声的方式。

“爸爸不怪你，这不是你的错。不要害怕啊，安安，爸爸在这里。”宋熠文安慰地说道，“可是你去哪儿呢？”

“不知道，反正我能歇会就行了，我明天会好好去学校的。”宋隽然还是声音小小的，“我太累了……”

“去刘阿姨那儿吧！”宋熠文的声音突然爽朗起来，“你去她那儿干什么都行。”

“若明阿姨？”宋隽然突然坐起了身，“嗯，也可以。”

一大早，刘若明一收到消息连忙出门迎接了她。

“真是难为你了，待会来阿姨这儿好好休息休息。”刘若明总是很麻利，“正好，焱焱姐姐在加拿大，你和我做个伴。”

对于宋隽然的生活环境，刘若明真是又心疼又无能为力，而她也成了从始至终都能唤起“宋隽然”这个名字的人。对于这点，小姑娘甚是欣慰，因为总算有人能记得那个由宋熠文赐给她的名字了。

对于宋隽然的到来，刘若明给她沏上了茶。

这孩子，好不容易才能放松一下解解压，就算在家里头也很少有人注意到她的情绪，真是难为她了。

刘若明很想给予宋隽然些安慰，可她看着独自承受着痛苦的孩子也确实不知所措。

“撸狗吧，撸狗能解压。”刘若明突然想到了什么，把姆哈姆德从屋里抱出来，“巨解压。你要是不舒服，阿姨再给你抹擦抹擦……”

这么些年了，宋隽然在不熟悉的环境中往往都是高冷少年的样子，可是这一次，这个高冷少年破防了。

那一天，应该是宋隽然与刘若明交流最多的一天。以宋隽然为中心，她们谈论了宋熠文、严振华、二姨、小姨、小红果，当然还有宋隽然的焱焱姐姐。

从那日开始，宋隽然在刘若明的带动下，学会了给火力全开换食换水；学会了带姆哈姆德出门遛弯。

那天晚上，宋隽然在日记本上写道：“如此岁月静好的日子是多少人期盼的一天啊！我会和火力全开斗智斗勇，会和姆哈姆德在一起玩，常斯礼先生和他的狗（常斯礼先生与童大飞先生的爱犬）在一起，童大飞先生现在是多孤独啊！”

宋隽然觉得一定不能让自己的想法落空。

“今天我和一只鸟、一只狗相处了很久很久，后来若明阿姨才回来。”宋隽然笑眯眯地在日记本上记下了这样一句话。

但是非常明显的是，自从那天去过刘若明的住处之后，宋隽然的情绪确实好了很多。

至少她受伤的伤痕越来越少了。

“你……”宋隽然的精神医生不可思议地看着她。“您确定她不是甲亢？”大概是还没有见过恢复得这么快的患者，医生疑惑地问着宋熠文。

“不会不会！”宋熠文大手一挥，“她以前就是这个样子的，是个很开朗很活泼的小姑娘！”

“因为我跟火力全开和姆哈姆德在一起玩。火力全开太凶了，老是咬我；姆哈姆德还挺好的，但是总是哼唧。所以我不是很喜欢火力全开，但是我还是挺喜欢姆哈姆德的。火力全开跟我爸爸特别好，姆哈姆德也跟我爸爸特别好，听说因为它们是雌性动物。”

宋隽然对着医生讲出来她最近的新朋友。

“等会儿，等会儿……火力全开，是谁？姆哈姆德又是谁？为什么还会咬你？为什么还会哼唧？”医生被突如其来的两个怪异的名字搞蒙了。

“哦！火力全开是若明阿姨家的鸟，姆哈姆德是若明阿姨家的狗。那只鸟可是鹦鹉啊！狗是小泰迪。”

“等会儿，等会儿！”医生隐隐约约好像听到了个若明，

“你那个若明阿姨又是谁？”

“哈哈，她是我爸爸的好朋友！”

那一段时间的宋隽然确实特别喜欢向外界推送刘若明。

“若明阿姨做饭特别好吃，她好像什么都会做，我听说她还会做比萨！而且她女儿也特别厉害，焱焱姐姐现在在多伦多大学呢！我现在正在向她学习，我想考到珺州大学去。”

梦想确实是被严振华泼了冷水，但还是要努力地坚持啊！

“我想考到珺州大学！我也想做心理医生！我想帮助更多的抑郁症患者！”

“这是为什么呀？”医生饶有兴趣地看着宋隽然。

“因为我的偶像是常斯礼，我很喜欢他！而且我想把他治好。”

小小的宋隽然，正襟危坐，一脸严肃地望着医生。她的脸上是与年龄不符的冷静与成熟。

“火力全开和姆哈姆德这段时间给我带来了很多很多的欢乐！因为它们我也学会了很多事情！关于梦想，我会好好努力的！”

一只狗和一只鸟与宋隽然的故事，更加激发了她对珺州大学的幻想。刘若明的出现也让她更加坚定地行走在热爱常斯礼的路上。

有时，宋隽然想象着：如果常斯礼还在，他应该也会觉得我这个小姑娘很有趣吧？

奇特的刘若明真是奇特，短短几天把宋隽然的气愤情绪全部清除了。

“小红果呢？”宋隽然打开微信问道。“小红果在他自己家呢！”刘若明果然很快回信。“我想看看火力全开和姆哈姆德。”宋隽然又说了一句。

“嗡嗡”两声。

图片传过来了，那是一只鸟和一只狗。

在刘若明的陪伴下，宋隽然的情绪与状态的确一天比一天好。刘若明也是她的一座灯塔，在黑漆漆的大海上，为她指明方向。

在这座灯塔里，宋隽然歇过脚。她得肠胃炎的时候歇过，她得抑郁症的时候歇过，她得气管炎的时候也歇过。

那真是她的灯塔！

不论是什么，宋隽然都不愿意在自己家待着，至少不愿意和严振华一起。

所以就算她发烧难受，她也要跨过这十几里路找过去。

小红果也好，姆哈姆德也好，火力全开也好，成了维系她们关系的纽带。

即使是一张图片，即使是一个短短的视频，也能慰藉宋隽然碎成渣的心灵。

她终于相信了，她相信这个世界上还有爱，她相信这个世界上还有爱情。

在后来的日子里，每每宋隽然遇到了困难都会想起那一天与刘若明在一起的经历：很平常的一天，但那是多少人期盼的幸福啊！所以希望快点研制出来那个药呢！

“这是什么神仙阿姨和神仙姐姐啊！”小个子听得一脸如痴如醉，“你们在一起也太好了吧，刚好弥补了你所有的想象。”小个子一激动连尊称都忘记了。

“她现在已经不是若明阿姨了……”宋隽然猛然断句搞得小队成员心头一紧，“她现在是若明小妈！”

“哇！宋院士惊天大爆料！”小个子更是激动，“你终于有神仙妈妈啦！”

“哎，注意措辞，咱们院里有规定，面对院士必须叫您。”李蓦然兴奋之余连忙提醒起来。

“不叫也行，随意就好，反正院长不在。”宋隽然思索一番偷偷答复。

队员一听这回答都悄然笑起，“祝贺祝贺！”

“你们知道吗？就在那一年之后，若明小妈和焱焱姐姐又养了一只狗，是灰色的！”此时，已经将药品研究出来的宋隽然自豪地和伙伴炫耀，“它叫明汉！”宋隽然昂起头。

“宋院士，这宠物的名字好特别，个个都那么非主流，可是为啥叫明汉呢？”这次忍不住发话的变成李蓦然了。

“因为……”宋隽然故意卖了个关子，“明汉的笑容让你天天畅，天天通。”

弯弯的月亮

生活不易，但还要继续。

想要把找到童先生变成一个现实，就要付出努力。

宋隽然开始努力了。

在无聊的自习课上，她干了一个了不起的事情。

“611621611621”

这不是什么代码，这是宋隽然原创写给童先生的歌，而且是一首粤语歌。

写出来的时候，她自己都觉得特别不可思议。

“哈哈，没学过音基，连五线谱都认不好的我竟然会写歌了！”

一路上都沉醉在自己成果里的宋隽然，突然发现自己好像确实是一个有点厉害的孩子。

这也是她第一次没有把自己的小秘密告诉宋熠文。

她想给童先生一个惊喜，也想给爸爸一个惊喜。

但是，想总比做简单。

宋隽然虽然歌唱得不错，但是终归是没有音基底子，她连简谱都画不好，所以最后画成只有她自己才认识的谱子。

同样的，宋隽然也没有乐理的底子，所以她打算找个外援。

在通讯录里翻了又翻，找了又找。小姑娘最后锁定了宋熠文的朋友程艺鹏。

这个程艺鹏可不简单，从事着法医行业却又是个十足的文艺青年，那时这哥们儿便组起了乐队，没想到对音乐的热情越来越强烈，经过几年的摸索摇身一变，成了个音乐总监！不但编曲作曲都门清，而且钢琴不论是弹古典还是流行都是信手拈来。

这大概就是天赋吧！

据宋熠文介绍，程艺鹏在大学时期甚至面对面地上过钢琴家郎亮的大师课，还和吕希熙在国家大剧院同台弹奏钢琴曲。

面对这样的人物，宋隽然与其第一次对话时就恭恭敬敬地唤了一声“程老师”。

虽说小姑娘调皮了些，但还是很有礼貌。

此时的她将自己的草稿发给程艺鹏，内心尽是焦躁不安。

每当手机“叮咚”一响，宋隽然铁定会看看是不是程艺鹏发来的信息。

那一晚的宋隽然坐立不安，连宋熠文都看出了异常，但好在小姑娘机智地糊弄过去，在她终于收到信息时，已经是几小时后了。

“动机很好啊，整体很好听，是不是偏五声的那种……”宋隽然迫不及待地听起了语音，并且与程艺鹏交流起想法。

二人不断提出自己认为的不妥之处。

面对这样一个小姑娘，程艺鹏也不得不承认，尽管宋隽然不是童子功，基本功也几乎为“零”，但她对音乐的热忱和灵性绝对是超乎想象的。

这孩子可以啊，头一次作曲就能这样，至少不算业余，有点专业的苗头。

程艺鹏暗暗思考，接着继续和宋隽然交流想法。

像这样重要的事情，宋隽然还从来没有过不告诉宋熠文，绕过他告诉他朋友的情况。

但这一次，宋隽然觉得值得。

彼时的她依然不打算把自己作曲的事情告诉宋熠文，却拜托宋熠文把程艺鹏约出来坐坐，还同意了宋熠文一同前去的要求。

“一起坐坐可以，但是你不要打扰我们交流。”宋隽然调皮又认真地提醒着爸爸。

宋熠文哭笑不得，“随便随便，交流去吧，谈情说爱都不管你。”

对于宋熠文来说，女儿莫名其妙地把自己的朋友约出来的确是件很奇怪的事情，但他会尊重孩子的意愿。虽然他的确很奇怪女儿将自己的朋友约出来做什么，但他觉得自己既然可以坐镇，就算是有什么不可告人的秘密兴许也可以听到。

况且……

就连宋熠文也没有面对面地见过这位与自己隔空工作了多年的朋友。

所以宋熠文也是很兴奋的。

“程老师好，我叫宋涵汐，您可以叫我宋隽然。”小姑娘笑容满面地拉过宋熠文，“这是我爸爸！”

刚一见面，小姑娘便自我介绍道。

简短的寒暄过后，奇怪的见面开始了，坐在一旁的宋熠文听到的尽是些他听不懂的专有名词，几乎没有插话的缝隙。但看着宋隽然与程艺鹏聊得兴高采烈，自己也不好打扰，便只好发呆消磨时光。

而宋隽然与程艺鹏持续交流了两个小时，其实也不过就是作曲需要的和弦关系等，因为在对话中掺入专业的英文词汇，所以宋熠文才会听得一头雾水。

虽然听不懂，但在宋熠文眼里，孩子开心最重要。

“爸爸，我觉得程老师好厉害啊！我太崇拜他了！咱们下次和他撸串去吧！”刚刚和程艺鹏道别，小姑娘转头拉起宋熠文的胳膊，“他简直是我见过最厉害的音乐人，他懂我的意思！”

“好吧，我不懂。”

宋熠文表情慈爱但心里很茫然，因为刚刚与程艺鹏的会谈他几乎一点没听懂，“好呀！下次爸爸请他撸串，你们再好好探讨一回！”

我女儿喜欢，我听不懂又如何？陪她遍访英雄豪杰就够啦！

宋熠文的心里只有这一句话。

他就是宋隽然背后最坚实的盾牌。

短暂的交流过后，宋隽然懂得了简单的乐理，打算现学现卖，加入自己的曲谱。于是在后来的几天里，宋隽然的手总是黑乎乎的。

因为要改谱子，所以她要经常拿铅笔，不停地改，导致她的右手总是黑乎乎的。

每改一点，宋隽然总会发给程艺鹏看一眼，改到最后，程艺鹏与宋隽然的聊天记录中已经聚集了十多篇谱子了。

不知道为什么，那段时间她尤为爱听《弯弯的月亮》。

耗时一个星期，在《弯弯的月亮》的陪伴下，宋隽然写完了谱子。

“谱子成功杀青，感谢程老师帮助，出来一起坐坐，晚上可以考虑撸串。”宋隽然抖了抖袖子，发出了信息。

刚刚把手机锁屏，提示音便响起了，宋隽然狐疑地查看。

嗯？红包？

程老师不会以为我是来要“杀青红包”的吧？

宋隽然哭笑不得，连忙解释。

程艺鹏自然是看透了小徒弟的心思，所以只是在逗趣，但这首歌作为小徒弟的“处女作”，他作为师父怎么能不表示表示呢？

“我觉得写词总比写曲子简单吧！”宋隽然这样想着。

确实，小小年纪的她已经写了五首歌的词，虽然尝试过作曲，但是怎么也没成功。因此，她简单地觉得把曲子写下来了就已经突破了最难的关。

然而，更难突破的应该是她的语言关吧。

从小生长在北方的她，学粤语谈何容易？她确实为这个想法付出了很大的代价。

从有这个想法到找人编曲出来，她花了四个月。听到伴奏的那一刻，她激动极了。尽管后来有另一位老师告诉她，她的这个伴奏根本值不了那么多钱。

可宋隽然已经管不了那么多了，自己这么长时间的成果展现在面前，她已经没有心情去挑剔了。

在音乐界里，她真像个没见过世面的孩子。

不过她也确实没怎么见过世面。

至于为什么这首曲子的编曲人不是程艺鹏……

论编曲，程艺鹏对于宋隽然来说是个再好不过的人选了，程艺鹏给宋隽然做伴奏也是绝对游刃有余，但一向追求完美的程艺鹏害怕自己在粤语领域的一无所知导致不能把宋隽然的灵感和动机发挥到极致。所以面对着小徒弟的第一个编曲，他忍痛割爱让宋隽然又去找了一位编曲老师做伴奏。

虽然嘴上这样说，但程艺鹏并没有打算完全放下小姑娘这首原创，因为在他看来，这首曲子的闪光点有很多，只是他需要沉淀沉淀这首歌里隐藏的故事。他打算学学这首歌的粤语歌词，再进行编曲。

“隽然小妹你听我说，咱们两手抓。”程艺鹏语气坚定，“我不懂粤语，得先学学，这段时间你可以先找一个编曲老师。我学完这首歌的粤语就给你进行编曲，到时候选哪一个做最终版本由你来定，怎么样？”

师父发话，宋隽然自然只有点头，两个人一拍即合。

“谢谢程哥，我等你的好消息！”宋隽然留下这样一句话，她很是期待。

“爸爸，这个好听吗？”第一版伴奏做出来了，宋隽然也终于在电钢琴上为宋熠文第一次弹奏。

“嗯嗯，好听，这是什么曲子呀？”宋熠文难得跟她在音乐上互动。

“嘘，这是我自己写的。上次找程老师就是因为这个事情。”

“什么？”宋熠文脱口而出，“你自己写的？能写出来这么好听的曲子？”宋熠文竟然开始怀疑女儿了。

“啊，真的，你看！”宋隽然怕爸爸不相信，把自己写的简谱拿了出来，“不过程老师的确帮我润色了，他给我普及了点乐理知识，所以我运用进去了。”

“我天啊，太牛了！”宋熠文不可思议地轻拍脑袋，“你竟然能写出来我们那个年代的怀旧歌曲！”

“怀旧吗？”站在一旁的宋隽然不以为然，“我觉得还挺正常的。”“我告诉你，这太有我们那个年代的港风感觉了！”宋熠文激动地表达着，他都有点不知道该说什么了。

的确，这首歌曲被做出来，实在是太不容易了，宋隽然征求了好多人的意见。除了程艺鹏，听说刘若明在制作后期听了好几遍这首歌的伴奏，还失了眠。

宋隽然的才华不停地被发掘，当然离不开她身边的人的支持。

不过可以肯定的是，若是被严振华知道了，她这首歌肯定写不成。

宋熠文隐隐地感觉到，女儿身体里的一股能量似乎被什么激发出来了，宋隽然的高光时刻就要到来了！

“你们知道，在那之后程老师也结婚了。”宋隽然此刻正骄傲地分享着，“他邀请了我和我爸爸去见证那个重要的瞬间！”

作为一个男人，还是一个优秀的音乐文艺骨干，这时才结婚，确实晚了点。但收到结婚请柬的人无一不为他感到欣喜。

宋隽然就是其中的一个。

后来的日子里，她陆陆续续又为常斯礼和童大飞写了几首曲子，有时也会用音乐记录自己的心得。

但这些曲子的编曲人无一例外都是程艺鹏。

对于宋隽然来说，共鸣是最重要的。

虽然二人实际年龄差十来岁，但在音乐上，他们没有年龄的鸿沟。

有时，宋隽然实在不会表达出来的东西，只要弹出来，程艺鹏也能感受到宋隽然的意思。所以在他们认识的这些年里，合作很是默契，甚至二人合作创作出了很多脍炙人口的歌曲。

彼时的程艺鹏已是相当有名气的音乐总监了，不但各大电视台争相邀请他去做节目，而且他给不少明星都做过编曲。虽然已经是奔着不惑之年去的人了，但毕竟颜值还在，人群中的他还是显得尤为醒目。

宋熠文长得帅是公认的，但面对程艺鹏，宋隽然也不得不承认，他和宋熠文都属于那种很端正的英俊长相。眉目乌黑，唇红齿白，很是清秀。除了宋熠文的谦谦君子气质外，程艺鹏还多了些酷帅的英气。

婚礼上，程艺鹏当法医的铁哥们儿们听说宋隽然曾经想当警察，连忙给小姑娘出难题。

“小姑娘，你爸和程哥谁长得更好看些？”

此话一出，宋隽然突然成了全场的焦点。

小姑娘只好无奈地笑笑。

唉，情商高就体现在这里啦！

“你们不觉得今天最漂亮的是我嫂子吗？”

一阵哄笑过后，只见宋熠文和程艺鹏齐齐给宋隽然点了个赞。

但是说句实话，不论你见到他俩谁，你一定都会觉得他们的长相英俊而精神。

对于婚礼的事情程艺鹏刻意低调，但来的宾客依然很多。尽管如此，宋隽然作为默契的合作伙伴，和宋熠文到场后隔着攒动的人群一眼就看到程艺鹏西装革履，新娘一身洁白婚纱，十分漂亮而登对地站在宾客当中，脸上全是幸福的笑。

“嗯，真不错！嫂子看起来比前几天还好看！”宋隽然一边抬手眺望一边对宋熠文说，“程哥今天也够帅的，平日的便装已经很醒目了，今天更是，这刘海梳上去更秀气了，穿西装果然有气质。”

“你别说，我现在除了看见一堆人脑袋别的什么也没看到。”宋熠文也顺着女儿的视线眺望，“还是你们合作久了有默契，不过我看到有个好几层的蛋糕，是不是你想要的那种？不如你过生日的时候买给你吧。”

父亲的关注点永远那么清奇。

程艺鹏很快看到他们，立马转头对新娘低语了一句，二人对着宋熠文父女招手，然后快步迎了上来。

老友见面，很是亲切。宋隽然莞尔一笑，宋熠文也是笑容满面：“恭喜你，成家立业啦！”

四人七嘴八舌地聊了几句，便被人潮冲开了，程艺鹏只好无奈地说：“一会儿别走，婚礼结束了咱们好好聊。”接着便留下宋家父女在人潮中凌乱。

婚礼，自然是忙忙叨叨外加辛苦至极，才子佳人在婚礼上唱起了由宋隽然作曲、宋熠文作词、程艺鹏编曲的原创歌曲，获得了一致好评。

晚上，宾客终于散去，只剩程艺鹏的一些铁哥们儿和宋熠文父女二人。

宋隽然和爸爸打过招呼，独自在阳台透透气。刚站了一会儿，有人也走过来了。

是宋熠文和程艺鹏。

程艺鹏已脱掉了新郎装，但文艺的气息依旧散发，即使是只穿家居服都很醒目。宋熠文作为医疗界老前辈与程艺鹏对视一眼，两人都笑了。

宋熠文熟练地从兜里掏出烟和火机，先是给自己点了一根，接着递给了程艺鹏，“我姑娘买的，白色万宝路，特不好买，也不知道她从哪儿买的。”程艺鹏听闻愣了一下，接着饶有兴趣地看向小姑娘，“来一根？”小姑娘赶紧抬头，却见宋熠文笑着先行抬手，“嘿！我这当爹的还在这呢，你这个当哥的别瞎弄！”

两个男人立刻大笑起来，宋熠文率先说道：“你今天捯饬得真不赖！我闺女都说你今天气质特别好！”一听这话，宋隽然连忙赞道，“程哥今天是好看，嫂子也是很漂亮呢！”

程艺鹏在衣兜中掏来掏去，淡笑，“确实漂亮，人很好！不过，别看她在你们面前表现得这么淑女，其实弹起琴来和你一样，你俩有机会可以合作一曲，就是小心，别磕着。”说罢指了指宋隽然，接着掏出一把糖。

“吃糖！”

宋隽然挑了几颗。

“第一颗，祝你们幸福。”宋隽然竟然以糖代酒说起贺词，“第二颗，祝你们早生贵子，现在放开三胎了，希望你们生个足球队。”整个阳台回荡着爆笑声，“去！你可一边儿歇着去吧，生个足球队我可养不起……”

两个男人继续漫无边际地聊着，聊着年少，聊着年青，聊着当下……不时发出大笑。

宋隽然也笑了，接着便往客厅里招待客人的女主人望去。

女主人比程艺鹏小五岁，两人相亲认识的。小姑娘工作稳定清闲，工作之余也爱极了玩音乐。长相淑女，性子温婉大方。

没过一会儿，程艺鹏把女主人招呼过来又和父女二人聊了些家常，几人不时发出笑声。

在后面的日子里，宋隽然习惯了用钢琴弹出自己的心事，也习惯了用原创歌曲的方式向常斯礼和童大飞致敬。程艺鹏作为幕后的音乐总监为宋隽然的作品倾入了不少心血，在他的帮助下，宋隽然的音乐道路越发通畅。

“讲完了，这就是我和程老师的故事了。”宋隽然对大家说，“你们听到的那些我的原创歌曲基本都是他编的曲。而且咱们上电视时候的背景音乐都是他原创的，完全没收费。”

“哇！”整个队里一片惊呼。

“太感谢我爸爸认识他了！”宋隽然再次感叹。

大概是话题说到了宋熠文，小个子像是想到了什么，突然说道：“宋院长？”小个子好奇地看着她，“这父亲真是太厉害了，太魔幻了！以后我要当了爸爸，一定向他学习！只可惜我身边没有像程艺鹏一样的音乐总监。”

“其实如果你不嫌弃的话……”李蓦然悄然插话，“让宋院士充当一下也不是不行。”宋隽然听了这话连忙扯扯领子，“等你有了孩子去找程老师家的孩子都可以，他家小朋友可是音乐神童，没上小学钢琴就过了10级，一年级就独立创作歌曲，现在二年级都开始编曲了，而且人家正在专心考央院附小，教你的孩子没问题。”

“这么说来，央院的附中很有希望啊！”小个子忙做思考状，“以后我闺女就找程老师家孩子学琴了！”

“哈哈哈！”众人发出哄笑。

原本以为话题即将结束，结果只听小个子接着问道：“你爸爸后来真的去找童先生了吗？”

“嗯！”宋隽然重重地点了点头，“他说，只要想找就一定能找到。”宋隽然看着所有队员，“他和我想找，相信能找到，所以我们就真的找到了。告诉大家，这次的实验成功，也是因为我们大家都相信一定能成功，都想着一定能成功，所以也成功了。”宋隽然想到之前做实验的时候所有人都拧成了一股绳，大家都朝着自己的理想飞奔而去，“我猜想，这大概就是有了实力之后如何成功的秘诀了吧。”

“哇！宋院士，您说得太有道理了！”所有队员纷纷说道，“还有什么故事啊，您快再讲讲吧！”“你们可别管我叫您，咱们都差不多大，这把我叫得像个老太太。”“好好好，您……”小个子自知自己叫习惯了，赶紧打了一下自己的嘴巴，“啊不是，你说什么都对，你快往后讲吧！”

好家伙，都开始催上了。

宋隽然清了清嗓子，继续讲起了后面的事情。

高一年级，宋隽然心目中感觉过得最快的一年，她觉得时间“嗖”的一下就过完了。这是因为她与宋熠文一直紧锣密鼓地完成着与童大飞先生的约定。

宋隽然在她的英文作文里面答应过常斯礼一定不去打扰童大飞的私人生活，所以寻找就增加了一个难度。她经常问自己:“正规途径的话，是不是就是经纪人或者公司呢？他们能看得上我吗？”既紧张，又害怕，除了担心，还有一点不知所措。所以她决定先提升自己的专业素养吧！

在那之后，宋隽然又写了一本书，又写了一幅字，又画了一幅作品。她在不停地追逐着偶像的脚步。

没错，她就又写了那首歌。

听说在她写完了之后的两个多月里，是她学习最辛苦的一段时间。

“北方人学粤语真的是好难啊！”宋隽然在台灯下偷偷拿出她的原创歌词研究着，彼时的她已经将曲谱发给了编曲的老师，她的伴奏即将要被做出来了。另一边的程艺鹏紧锣密鼓地研究着宋隽然的词曲，为此他还真的熬了几宿，他一定要挖掘宋隽然的所思所想。

而宋隽然作为一个粤语小白同样遇到了很大的困难，“真的好难学，好多词都读不出来。”台灯下的宋隽然一脸愁容，她觉得台灯此时的灯光一点都不柔和，反而非常狰狞。

“焱焱姐姐，拜托你个事情，”宋隽然终于打算寻求别人的帮助了，“拜托你让你的珺州同学帮我读一下这篇歌词，我需要学一下，谢谢！”宋隽然的声音真诚且诚恳。

她的焱焱姐姐正在地球另一端的加拿大。

令宋隽然意想不到的是，她很快的收到了回信，还有一句鼓励的话：“加油加油！”

宋隽然在一刻不停地学着，她的焱焱姐姐也在一刻不停地学着。只是一个在燕平一刻不停地学着粤语，一个在加拿大一刻不停地上着大学。

宋隽然紧锣密鼓地开始了她的粤语学习：一个字，一个字地学；一个字，一个字地抠。与此同时，她那么感兴趣的粤语也变得枯燥无味了。

“啊，好累啊！粤语一点都不好玩，还有九音六调呢……”宋隽然瘫坐在自己的学习椅上，余光瞥见了手机壁纸的常斯礼与童大飞的合影，“对不起，对不起，我收回刚才那句话！”面对自己偶像们的相片岂能露怯？宋隽然再次爬起来，开启着她的粤语旅程。

在这段时光里，程艺鹏也常常给她发来慰问信息，顺便监督一下她的粤语学习成果。

“最近怎么样啊？”

“别提了程哥，遇到瓶颈了。”

“喂，隽然小妹，你可一定要好好学啊！这是送给你偶像的礼物！刚好我最近把你这首歌的粤语研究明白了，你的编曲我已经做好了，现在就等你把粤语学好进行演唱了！”程艺鹏总是这样漫不经心地鼓励她。

“偶像？！编曲？！”

听了这句话，宋隽然自然浑身充满力量。

大概是手机那头的程艺鹏已然想到了宋隽然的样子，嘴角微笑，“有常斯礼在，粤语对于你来说算什么困难？你要是学下来了才像是我的隽然小妹！”

连师父都这么说了，宋隽然哪里还有不学下去的道理，况且还有常斯礼这个偶像坐镇。

没过几天，宋隽然学下来了，程艺鹏也发来了伴奏。两个版本的伴奏，全然不同的风格。权衡过后，宋隽然毅然决然地选择了程艺鹏的编曲，因为在程艺鹏的伴奏中，宋隽然读到了童大飞对常斯礼的思念。

“爸爸，”晚饭之后，宋隽然找到了宋熠文，“我现在真的已经迫不及待地想要见到童先生了！我一定要和童先生显摆显摆程老师给我编的曲。”

“嗯，真的吗？”宋熠文微笑地看着自己的女儿，“可是爸爸还没找到他，你还要再耐心等待呀！”接着用手指敲了敲她的小脑袋，“好好学学粤语呀，然后就好好期待吧！”

好好期待在后来的日子里确实成了宋隽然的乐趣，她甚至会期待着晚上的梦，她已经迫不及待地想在梦里和常斯礼与童大飞打招呼了！

很长一段时间，宋隽然都在准备着见面的物品，当她看向歌曲光盘时，连忙给程艺鹏打了个电话。

“程哥，现在我要以学生的身份和你说几句话。程老师，等到我找到童先生，我一定告诉您！我也一定要告诉童先生，这首歌是您帮我做出来的！真不知道童先生知不知道您啊！”

长大后的宋隽然回想起那段时间的经历，她仍然觉得是她人生中不可或缺的一段时光，就连她和队员讲述时都在不停感慨，“怀着期待入睡，再怀着期待起床，这对于一个孩子来说是多么珍贵的一件事情啊！即使是没有梦见，也不会很失望，因为日后还有那么多天呢！还有第二天，第三天，第四天，第五天！每一天都带着希望，那自己的心里不就充满了希望吗？”

童先生您好

经过了极其漫长地等待与极度认真地寻找，宋家父女俩终于找到了童大飞先生的联系方式。他们寻找到了星月娱乐公司的总裁——陈太陈惠芬女士。宋家父女表明来意并且将即将出版的书籍与想要商用的歌曲拿了出来。

“嗯，小朋友文笔不错，歌曲写得也不错！”陈太先是肯定了宋隽然的作品，“不过你们的想法确实需要经过童先生认可，我想我是不可以一个人做主的，你们放心，我会转达你们的请求。”

大概是觉得父女二人真诚又诚恳，童大飞先生同意了他们求见的想法。

宋熠文是在接女儿的路上得知这个消息的。年近五十的他得知后很是激动，但他还是强迫自己冷静下来。

只有自己冷静，孩子才能冷静。宋熠文又激动地想着，于是点了根烟让自己在安静中替女儿欣喜。

车子驶向宋隽然的学校，宋熠文远远望见女儿站在门口，立马把车开了过去。

“好累啊！”高一下半学期，马上就要应对会考，宋隽然自然是努力到累得没话说，“今天又刷了好几套卷子，我觉得我的英语又提升了好多。”宋隽然疲惫地摇了摇头，“我觉得我现在沾上枕头就会睡着。”

“爸爸告诉你一个好消息，想不想听呢？”宋熠文狡黠地笑了。“嗯……我现在什么都不想听。”意识逐渐模糊，马上就要进入梦乡的宋隽然轻声回答。

“关于童先生的也不想听吗？”马上就要睡着了的宋隽然模模糊糊地听到了“童先生”三个字，立刻从副驾驶座上弹了起来，却不料撞到了车顶，“哎哟！童先生？”只见小姑娘的表情从困倦到吃痛再到惊喜。

“找到童先生了？童先生同意我们见面了？什么时候？几点？哪个航班？”瞌睡虫早就被“童先生”这三个字赶跑了，跑得一干二净。

“宝贝，你镇定一点，爸爸也很激动。但是你要好好地把你的会考考完，把你的期末考试考完。”宋熠文摁下了马上就要跳出车的女儿。“嗯嗯嗯嗯嗯嗯嗯嗯嗯！”宋隽然不住地点头。同样是小鸡啄米似的点头，兴奋与开心代替了几年前的慌乱与紧张。

宋隽然还没有去珺州，但宋隽然的心已经飞去了。她不住地幻想着第一次见面的样子，她不住地练习着第一次见面要讲的话。

这可是她做梦都会梦到的人啊！这是她的大恩人！

宋隽然人虽在燕平，但也给童大飞发过私信，但是马上就要见到了，她还是觉得太不可思议了。

第一次见面总要准备一些什么。

想起她以前跟别人仓促的会面，就算准备了东西也不是很全面。所以为了弥补以前的遗憾并表示对童大飞先生的重视，宋隽然给童大飞先生准备了几个礼物：

精心准备的原创歌曲、不停修改的原创诗词、不停绘制的手画彩绘、书法作品。

每一样都是经过她精雕细琢，千改万改才敢拿出手的作品。

这些礼物她准备了一年多啊！

每一天，她都在思索着见面的时候该有的样子；每一天，她都在幻想着见面的时候要讲的话；每一天，她都在琢磨着见面的时候要穿什么服装。

这些都是一个16岁孩子的幻想。

原创歌曲要带去珺州，宋隽然自然是要把这个好消息告诉程艺鹏的，但是每每想到要见到童大飞，宋隽然总是激动得说不出话来。隔着视频电话，宋隽然喜上眉梢地给程艺鹏弹了段欢快的钢琴曲。

“看来是喜事。”程艺鹏光是看着宋隽然的眉眼便略知了一二，再合上宋隽然弹的曲子……

“哟，文哥可以啊，真是遍访天下英豪！”

“找到了？”

“找到了！”

“同意了？”

“同意了！”

听到这个消息，程艺鹏也是笑逐颜开，小徒弟也算穿过千山万水才找到童大飞，“恭喜你，我待会儿就把编曲再改好听一点。等你从珺州回来可别忘了我，到时候可得请我撸串！”接着，二人用斗琴的方式庆祝着这个美好的消息。

“爸爸，你说我去见他的时候穿什么呢？黑色的？白色的？黄色的？”

马上就要出发去珺州了，宋隽然问爸爸。

“就穿你最喜欢的吧！”宋熠文看着女儿，心中荡漾起了一丝丝涟漪，“去见偶像，想必她会收拾得特别郑重。”

去机场的那天，宋隽然穿的果然是学校的西装。

“爸爸，你说童先生他会喜欢我吗？”在去机场的路上，宋隽然担忧地问爸爸。

“会的会的，你这么好，我想他会的。见面的时候别紧张，你就把你的请求说出来就好了。”宋熠文开着车，嘱托着女儿。

初次去珺州找童大飞是个多么重要的事情，刘若明也全家出动送父女二人去机场。

“姑娘别紧张。”刘若明握着小姑娘的手，“咱们该说什么说什么啊，阿姨这次就不带着大家去珺州了，下次咱们一起去，你这次就好好和童先生聊，到了发信息说一声……”焱焱姐姐也在旁边加油鼓劲，“做自己最重要，你自己就很好！”

“可别忘了拿着我们的照片给那个老先生介绍一下我

们！”小红果也调皮地添上一句。

“回来的时候想吃什么和我们说啊，我们给你做，你只管开口！”二姨和小姨连连说道，“毕竟锐哥的排骨做得不错，油焖大虾也不是不行，虽然茂爷不会做饭，但是也能烘托一下气氛。”

姥姥笑嘻嘻地拍着宋隽然的肩膀，“回来之后咱们可得一起吃饭！你得给姥姥说说珺州有什么新鲜玩意！”

带着一家人的祝福，宋隽然和宋熠文登上飞机，飞机平稳地飞向目的地，在珺州落地后，父女俩搭乘交通工具前往会面酒店，他们就住在楼上。当一切都收拾好，再次下楼时便已经是会面时间了。

宋家父女在酒店的咖啡厅等候着，宋隽然看见一个高大硬朗的身影从酒店大厅朝着自己走来。那人似乎看到自己了，连忙招了招手，可看起来他也那么紧张，紧张到走路似乎有些顺拐，宋隽然连忙和爸爸迎了上去。

“那可就是童先生，童大飞先生啊！”宋隽然感觉汗已经滴下来了，她真的太兴奋太紧张了。

宋隽然看着自己朝思暮想的偶像，竟一时说不出来话，连忙伸手去握手。

当一个期盼了很久很久的人，突然出现在自己面前，宋隽然感觉像做梦一样。

“您好……”宋熠文大概感受到了女儿的紧张，连忙先用普通话开口道，“我叫宋熠文，这是我女儿，我们很荣幸见到您。”宋熠文在生活中也是一名翩翩才子，面对女儿的偶像仅仅是微微地低头与轻轻地握手就已经给宋隽然带来了足足的安全感，既不失礼节，又给女儿带来了自信。

“童先生您好，我叫宋涵汐，您可以叫我宋隽然，我今年 17 岁，即将上高中二年级。他是我爸爸，我们很荣幸见到您。”恢复了往日爽朗的宋隽然终于用粤语开始说自己准备了很久的词了，“您是不是很久没来燕平了，燕平现在变化好大，如果您愿意来燕平，可以告诉我们，我会做您的小导游。”看着童大飞先生慈祥的表情，宋隽然说出了准备好的最后一句话，“我会说一点粤语，但是我说得不好。不过没关系，您可以跟我说英语。”

宋隽然望见自己的偶像嘴角微微上扬，连忙在心中轻叹了一口气，接着邀请对方入座谈论正题。

第一次与偶像的见面就这样开始了。

“这个是我画的画。”宋隽然说着拿出了自己的作品，“我也没学过素描和彩铅，但是我还是尽了最大的努力，为您画出了这幅作品。”

那是常斯礼与童大飞很经典的一张照片：二人站在蓝天下绿草上，一人举着一根巧克力脆皮冰棒，面带阳光般的微笑。

“我和爸爸都特别喜欢这张照片！”宋隽然介绍着。

童大飞先生拿着宋隽然的作品端详着，作品的纸有些大，挡住了童大飞先生的脸。宋隽然虽然看不见他的表情，但是小姑娘心里暗暗地想着：他一定很喜欢我的这幅画！

“这个是我送给您的诗，是歌颂您和常斯礼先生友情的诗。您看，我把它写成了软笔书法作品。”说罢，宋隽然打开了长长的卷轴，心里不免十分紧张，“不好意思，我这书法只在 11 岁那年练过，后来就没学过了。”宋隽然不好意思地说。

相比起来，她更紧张的是诗的质量，她甚至不知道童大飞是否喜欢这种风格。

她才 16 岁啊！九月份才 17 岁！可写这首诗的时候，她还是不到 15 岁的小朋友。要知道童大飞先生上学的时候，可是在学校创办诗社的人。宋隽然深知自己的造诣肯定比不上童大飞先生，但还是希望他能喜欢这个作品。

是啊，这首诗是她和宋熠文一直以来都不断推敲和修改的。

她感觉这首诗被童大飞先生端详了很久很久。

“嗯……小小年纪写出来真的还挺不错的。”

宋隽然长叹一口气，能被偶像肯定那也是一件相当了不起的事情了。

“谢谢您喜欢这首诗，我还会继续努力的！”宋隽然调整了一下坐姿，端正地说道。

“我记得陈太说你还写了一首歌？不如给我听听？”童大飞微微一笑，“粤语的还是普通话的？我都能听懂的！”

偶像发话岂能不答应？“粤语版和普通话版我都写了，先给您听普通话版的吧！”宋隽然立刻拿出自己的环绕音耳机递给童大飞，接着放起了自己的原创歌曲，童大飞的身体随着音乐轻轻摇摆，连忙闭目好好欣赏。当他再次睁开眼睛时，宋隽然分明看到了他眼中一闪而逝的水光。

“啊……一下不知道该怎么说……”童大飞坐直起来，“写得真好啊，这就是我们的故事啊……”接着他示意宋隽然播放粤语版。

一曲再终，童大飞似乎感动得都说不出话来，缓了好一会儿才说：“虽然有点小口音，但是真有感觉啊！我知道北方人学粤语好难，你真是有心了。谢谢你，小朋友，谢谢你写出这么好听的歌送给我们。”童大飞的大手握住宋隽然的小手激动地感谢道。

“谢谢童先生！承蒙厚爱！”此时的宋隽然心底尽是感动，“能做出这首歌我还要感谢我爸爸，还有程老师。”

“程老师？内地的程老师？是叫程艺鹏吗？”童大飞听到宋隽然的回答连忙反问。“是的，您认识他？我这首歌能做得这么好多亏他的帮助呢！”

“不认识，但我听说他在内地可有名气了！”童大飞慈祥地摇了摇头，“那个小伙子真是不错，他给好多粤语老歌都做了新编曲，我觉得很好听。”

礼物已经全部送出，宋隽然面带清风朗月般的微笑与宋熠文对视了一下。

“那么我们来探讨一下书籍出版的事情吧！”童大飞先生率先提出了这个问题，“现在我对你写的书充满了好奇呢！”

听到偶像这样对自己说，宋隽然连忙把自己写过的三本书全都拿了出来，“这是我写的第一本诗集，是我初三的时候写的，那个时候我14岁，很多东西还不会。这个是我写的第二本诗集，是我高一休学的时候写的，虽然有进步，但是奶奶参与写了很多，这本不完全是我的作品。”宋隽然指着前面两本小书向童大飞介绍着，“这一本，是我自己写的书。里面详细地介绍了我为什么会喜欢常斯礼先生和您。这一本才是我写的书。”宋隽然依次向自己的偶像介绍着，她的粤语能力已经不能应对她讲这么多话了，所以对话中已经开始掺杂了英语和普通话，但是眼神依然坚定。

大概是听到这话，童大飞果然拿起了第三本书，“《与黑狗的战记》？”他好奇地望着宋隽然。“对，这本书叫《与黑狗的战记》，这本书讲述了我与抑郁症战斗的过程，里面夹杂着您与常斯礼先生对我的影响。”

童大飞先生一页又一页地翻看着，突然“扑哧”一声笑出来，“这个好好笑！”他指着一个宋隽然小时候的表情包，接着又开始往后翻看起来。

“我和爸爸的看法很统一，不论您同不同意书籍出版，这对我来说都是一个锻炼，也是一个荣耀。”宋隽然趁他翻看的时候对他说。

童大飞把书合上了，“我想我的心里已经有了答案，那就是准许你们出版，但是后续事情一定要和我商量商量。”

宋隽然努力遏制着自己激动的心情，连忙捂住马上就要张开的嘴，不住地点头。接着她突然用纯正的粤语说道：“多谢您，多谢您！”

“这本书我可不可以带回去好好看看？”童大飞继续翻着书，抬头看向宋隽然。“当然可以，我和爸爸都商量好了，不管您同意与否，这本书都是送给您的！”宋隽然望着自己的偶像，“对了，这几个徽章送给您。”

宋隽然好像下了很大很大的决心，掏出了自己包里的一个小盒子，接着小心翼翼地打开，十多个小巧的徽章映入眼帘，“童先生，这些徽章送给您，这些都是粉丝做的，我想我今天也是常迷的一分子。”

宋隽然真诚地看着童大飞，“这个！”她指着其中一个，“我第一次钢琴比赛的时候上台戴的就是这个。”接着她换了一个，“那个！我进录音棚的时候戴的就是那个！”她一个又一个地向童大飞先生介绍着，“这里的每一个都有我的故事，现在我把这些送给您。”

她把整个盒子递给了童大飞先生。

“中国警察！”童大飞看见盒子上的字，惊奇地说。

“对，以前我很想当警察，后来因为很多原因就当不了了，这个盒子和这些徽章都承载着我的故事，承载着我的梦。”

童大飞望着眼前的宋隽然，心中暗暗点头，谢过她之后把小盒子收了起来。

三人又聊了一会儿，童大飞也交代着自己对于出版的要求。除去这些，宋隽然如约向童先生介绍了一家人，童先生听着介绍又对照着照片上的人物微微笑着。

第一次见面好像进入了尾声。

宋隽然和爸爸走出酒店将童大飞先生送上车，宋隽然好像突然想到了什么，又冲了上去。

“童先生！”童大飞闻声回头。

“不好意思，我忘了告诉您我的梦想，我开学该上高二了，我一定会好好学习的！我想考到珺州大学李嘉诚医学院，未来我想做一名像麦列菲教授那样的医生，还有我想研制出一种药能治好内源性抑郁症！”宋隽然喘着气，既是因为紧张，也是因为快速奔跑导致的。

她的眼神坚定极了，她就这样望着自己的偶像，“您放心，您想要做的那件事情，就算迟到了，我也要帮您做出来！”宋隽然的眼睛亮晶晶的，里面仿佛装下了整条银河。

“小朋友，你要加油啊，我相信你，我等着你！”童大飞过了许久终于对宋隽然说了这样一句话。

燕平与珺州相隔千里，小小的承诺在两个人心中架起了一道长长的桥。宋隽然一直都没有放弃，当她实在不想坚持了，她就会想到这个长长的桥，想起那份沉甸甸的诺言。

这是童大飞对一个后辈的巨大鼓励，也是宋隽然对童大飞的承诺。

“后来的日子里我们又交流了几次，童先生又来了几次燕平。”宋隽然继续讲述着，“我们带他去了长安街，从百盛开始，我一个一个地给他介绍路过的每个建筑。我爸爸开车带他看着灯火通明的燕平，他也会好奇地看看所到之处与曾经有什么不同。”宋隽然望着大家，“我甚至带他去了国贸，去了警官大学；我甚至带他走过了那座我走过无数次的木南桥。当然也带他认识了若明小妈一家，童先生很喜欢和小红果下棋，也很喜欢带着姆哈姆德和明汉玩抛球游戏。”小姑娘的眼神里尽是欢愉。

“悄悄告诉你们，童先生来到若明小妈家时，若明小妈给他做了碗阳春面，锐哥二姨夫给他做了红烧肉，童先生特别爱吃！二姨和小姨跟他聊了好半天的金融知识，但是童先生还是最爱和焱焱姐姐探讨商务金融。不过茂爷小姨夫、我爸爸跟童先生也特别聊得来，因为他们都爱打羽毛球！”说到这，小姑娘自豪极了，“应他要求，我还带他去认识了我程哥，在他下榻的酒店里，我和程哥借用酒店的钢琴给他四手弹奏了些常斯礼唱过的曲子，最后他点了一首《月亮代表我的心》。”

宋隽然本是不会弹钢琴的，因为严振华不让她学，但她终归认识简谱，弹个主旋律加个左手不是什么大问题，所以她才敢跑去医院做钢琴志愿者。认识了程艺鹏之后，宋熠文为了支持女儿的爱好便让她偷偷拜师。学琴的问题解决了，练琴却怎么也无法保证，宋隽然迫不得已和严振华打着游击，一天只能练个十几分钟。可就是这样的地下学琴路，宋隽然依然拿了好几个钢琴奖项。

细数下来，截至小姑娘见到童大飞，她学琴也不过才八个月，却已经弹下来了一个二等奖和一个三等奖。

但也许是入门太晚的关系，宋隽然弹琴有个臭毛病，就是节奏总是不由自主地加快，为此程艺鹏没少打她的手。所以对于此次给童大飞弹奏些歌曲，程艺鹏是很紧张的。

“节奏啊，就这个速度，压住，别怕。”程艺鹏深吐一口气给出了头一个音，接着把主旋律交给了身旁的小姑娘。弹着弹着，宋隽然只觉得自己恍惚间来到了常斯礼的演唱会上，仿佛看见常斯礼身着黑色西装深情地为童大飞歌唱着。想到这，宋隽然的眼里似乎装下了深深的潭水。

程艺鹏看着完全沉浸在琴声里的小徒弟欣慰地点了点头，他真是很喜欢宋隽然对于音乐的灵性。

是块弹钢琴的好料子，可惜不是童子功，也没底子，连五线谱都不认，确实麻烦。

但又怎样呢？这些问题并不影响宋隽然作曲。

谈到这里，宋隽然的眼睛亮亮的，“奶奶不让我学钢琴，因为她觉得贵而且没有用，但是她默许我弟弟弹。我爸爸刚一开始也不愿意我弹，因为他怕我坚持不下来，可他发现我喜欢后，还是让我跟着程老师学。”宋隽然的言语中充满了对宋熠文和程艺鹏的感谢，“没有他们，我学不了。”宋隽然的嘴角扬起微笑，“我和程哥弹完后特别满意，我爸爸也特别开心，童先生还给我们鼓掌！”科研小队集体露出羡慕的神情。

“等我扭头看向童先生，我才发现他的衣服上别着一枚徽章，是常斯礼的徽章。他大概是想和挚友一起聆听这首美好的歌曲吧！”

宋隽然的理想实现了

一年后。

2022 年高三开学了，宋隽然面临着严峻的选校抉择。

“留在燕平好好努力地冲击高考？还是另辟一条路，准备奔着珺州去学习？”这个问题很多人都问着宋隽然。

“不如就留在燕平吧！以你的成绩来看，留在燕平显然前途更加耀眼！”学校的主任啊，老师们，纷纷向宋隽然抛出了各种高校自主招生的橄榄枝。

主任们和老师们坐成一排，几乎每个老师都希望宋隽然能留在燕平，唯有两边的两个老师还在沉思着。

“别去珺州了！”主任们正劝说着小姑娘。

宋隽然愣住了。

自己何时距离自己的梦想这样接近？几乎触手可及！可她又看向老师们热切的目光……

宋隽然承认，如果成功了，那么她就可以提前得到珺州大学的录取通知书。可是如果不成功……她在后续参加高考的成绩，很有可能达不到她的理想……

要放手一搏吗？

如果放手一搏，成功了，那就成功了！如果不放手一搏，只是静心地学习，冲击清华北大也不是没有可能。

“别着急，好好考虑考虑，这可是个大事！”一边的黎主任作为支持宋隽然去珺州的少数派连声对宋隽然说。

黎主任曾经教过宋隽然的物理，对于宋隽然也是比较了解，每当宋隽然代表学校参加各种活动时，黎主任都会前去为宋隽然加油鼓励。

面对这位主任，又听了这席话，小姑娘有了些底气，“谢谢老师们，但是我确实得考虑考虑。”

此时的宋隽然内心依然坚定想要选择心理学行业。论心理学，燕平有顶尖学府，珺州的也不差，但论药物研究，可能还真得是珺州大学。

选哪个？

“是不是还是愿意去珺州啊？”

宋隽然正考虑得出神，听到这话连忙抬头。

说话的是她的语文恩师——潇潇雨下。

你一听这名字就会觉得这老师是个很有诗情画意的老师。

的确，她爱读爱写，爱唱爱诵。

但面对学生，她是一位和严振华截然不同的知心老师。

对于宋隽然来说，她已经有一段时间没有碰上这样与众不同的老师了。

上一次碰见大概还是她刚入学的时候。

那时年轻的小舒老师做她的班主任，还有一位经验丰富的由老师做她的数学老师。

而在当时还尚未成年的宋隽然眼里，舒老师的存在使得她对于办公室有种莫名的喜爱；由老师的存在则使她对学校有了一种淡淡的依赖。

她最爱做的就是和舒老师对暗号，和由老师一起看他小儿子的相片。

虽然初中时期的宋隽然在老师的圈子里混得风生水起，但是在高中的老师圈子中，她显然感到更舒适、更踏实。

至少在学校里的她，从未感受过如此踏实。

而宋隽然与这二位老师的缘分并不止于此。

高一的她作为第一批入团的孩子兴奋地发现自己的入团介绍人是由老师；高二的她更是不可思议地发现，舒老师竟然带她参与了难得的英文辩论……

虽然在后来的日子里，由老师被调去了其他学校，但好在舒老师仍然是宋隽然的班主任。

“去珺州和常斯礼有很大关系吧？”

一席话把宋隽然从自己的记忆中拉回现实，只见潇老师偏过头，“还是想去珺州学医学对吧？”宋隽然郑重地点头，“不瞒您说，从送给他们原创歌曲，我就想去了。”

潇潇雨下是明白的，宋隽然的韧劲源自她的家庭，也许她的努力在最开始只是为了突破牢笼，但现在她一定是有自己的目标的。宋隽然只要这样讲，那么她一定是打心眼想去。

应该让她自己决定，这是她自己的事，是她自己的人生。

春雨潇潇落下，足以润泽万物。

她真的是很疼她，宋隽然的想法，潇潇雨下从来都能看透。

宋隽然对于家庭，对于学业，对于理想……她统统都能看透。

就是因为能看透，所以她真的很疼她。

她曾对着另一个课代表说过：“心迪啊，不能那么说，涵汐她真的很不容易的，她比你们都难。”

心迪和宋隽然是朋友，她那副洒脱的样子总是令宋隽然羡慕不已，宋隽然也想开怀大笑，但很多时候真的不行。

这些，潇潇雨下都知道。

她知道宋隽然和严振华无法脱离的关系后，她更疼她了。

在宋隽然读高二的时候潇潇雨下便一眼看出，这个会作词作曲的小姑娘铁定不会走艺考。所以在很多老师劝宋隽然走艺考时，潇潇雨下只是轻声鼓励她做自己。

“你有梦想，对吗？那是你想做的事，对吗？虽然这梦想大了些，但我相信你可以。”

对于宋隽然来说的确如此，她的梦想太过巨大了，有源于她自己的，也有外界给予的；她所承载的愿望也太过巨大了，这么多年来，一定要为自己争一口气。

“孩子已经决定了，她还是愿意去珺州。”几个主任窃窃私语，“她如果提前拿了珺州大学的录取通知是不错，但是她如果没拿到再回来参加高考，肯定距离最高学府还差一点；可她如果参加咱们燕平这边的高校自招就不一样了，以她的能力肯定能被招上。”

办公室中的地声音不断传来，宋隽然早已有了答案却又不敢说，憋出一头汗。

“你是愿意去的，对吗？”潇老师看出了宋隽然的心思，“只要你愿意去，就去，咱们不要后悔！”

宋隽然此时此刻挺立得像棵小树，“我明白了，谢谢潇老师。”说罢低头致谢。

“这样吧，咱们就听孩子的，她肯定知道两种后果了。”窃窃私语中，洪亮的声音宛如清泉直击人心，说话的是潇老师。“我同意潇老师的看法，咱们听孩子的！”黎主任也举手表达着。

宋隽然满眼感激，这眼神又刚好碰见潇老师坚定的目光。

“你这孩子不一样，是十来岁的孩子该有的样子，有激情，有情怀……”

忽地，宋隽然突然想起了高二时潇老师对自己说过的这句话。

什么是我的激情？什么是我的情怀？

刹那间，宋隽然鼓足了勇气，对潇老师点点头，目光坚定地看了看黎主任，“抱歉老师们，那是我的梦想。”宋隽然推了推眼镜，攥紧小拳头说，“如果我干成了这件事，或许就没有什么可遗憾的了。”宋隽然深鞠一躬以示抱歉，办公室里一片寂静。

不久之后，大部分学生还在忙着备考，宋隽然幸运地提前收到了珺州大学的录取通知书。

拿到通知书的那一刻，宋隽然几乎是飞奔而去，她要把这个好消息第一个告诉爸爸。然后这个消息很快就传到了童大飞先生的耳朵里。

燕平到珺州，上千公里的路程阻隔着三代人的理想。远在镜头另一边的童大飞先生笑得已经眯上了眼睛，他一个人的笑容中包含着两个人的幸福。

在那之后，这个喜讯就像火车一样，传到了一个又一个人的耳朵里。没错，童大飞先生刚刚知道这个消息，宋隽然又赶忙告诉了刘若明和焱焱姐姐，接着陈太和佐藤雨轩也收到了这个喜讯。

在那个普天同庆的日子里，宋隽然迎来了属于她自己的崭新的明天。

宋熠文对于女儿远赴珺州，心头也萦绕着担忧与不舍，但他还是亲自送女儿去了机场。无论宋隽然几时回头，爸爸都在后面微笑地摆着手。

他就是她最坚实的后盾。

宋隽然赴珺州学习了五年，前四年的时间里，宋隽然每一天都在实验、推论、推翻推论、记录数据、研究药物中度过。最后一年她提前攻读完了博士学位，大量的文献与书籍让她积累了越来越多的知识，实验中她所使用过的瓶瓶罐罐，接起来肯定能绕地球一圈。

有时，宋隽然很希望爸爸能见证她的努力，但宋熠文很少去看她。

“爸爸说，每个人都有自己的人生。女儿长大了，要飞得更远，去追逐自己的理想，当爸爸的就不能拖她的后腿，要学会放手，孩子才能越飞越高。”

宋熠文的生活还是如此。每天早上早早起床，吃早饭，上班，做手术。一直到晚上六七点钟，他才会回家休息。

宋熠文会去看看姆哈姆德与火力全开，和刘若明一家吃吃饭，同宋隽然视频聊天。

“安安，去吧，往前走，别害怕，爸爸在后面！”宋熠文时常这样对女儿说。

也是因为珺州离珺海很近，上大学的时候，宋隽然终于见到了朝思暮想，从未谋面的好朋友佐藤雨轩。

“哇，小姐姐！你比我想象中的还要漂亮，你的眼睛真大呢！”

宋隽然放假回到燕平的时候，宋熠文会带她去刘若明家待一天。摸一摸火力全开，逗一逗姆哈姆德和明汉。当然了，宋隽然也常常和她的焱焱姐姐讨论英文论文，会和她的焱焱姐姐一起带着小红果玩。

那个时候，是宋隽然刚刚考上珺州大学的时候。

当她在珺州的时候，她会用闲暇的时间去探望童先生。

当她回到燕平的时候，除了会找黎主任和潇潇雨下叙旧，还会去找程艺鹏谈谈音乐作品，最后便是定时去拜访她的精神医生。有时候她喜欢坐在那个医院里面，看着来来往往的医生与患者。

“他得的是强迫症。”

“他肯定有睡眠障碍。”

“我猜他可能是双向情感障碍。”

“……”

宋隽然坐在医院里时常观察病人并且自言自语。

当然，她有时在医院或者在自己的屋里，也会停下来静静地思索。

无论是宋熠文还是刘若明，无论是佐藤雨轩还是她的焱焱姐姐。大家都知道她心中最大的目标是什么，但是没有人敢和她提起这件事。

宋隽然最大最大的偶像——童大飞先生也不例外。

他可能不想把自己那个遗憾压得一个孩子喘不过气来。

即使宋隽然常常在探望他的时候，与他分享实验的情况。

小姑娘总是望着常斯礼的照片沉思。

照片上的常斯礼笑容阳光，但就是这样活泼俊朗的优秀艺术家竟会被内源性抑郁症折磨离世，宋隽然是多么想要治好他啊！

宋隽然始终不愿意放弃。

但你不知道有多少人劝过她放弃。

可是宋隽然不怕，从小就被泼冷水泼大的她，还会害怕泼冷水吗？

“泼冷水才不可怕！”

宋隽然总是一身傲骨地想着。

珺州大学人人都知道有这样一个倔强的学生，她就是宋隽然。

可是人生实在是太有意思了，就像你怎么也找不着的一个宝贝。天天找，天天找，怎么也找不到。你马上就要放弃了，突然发现，原来那个宝贝就在自己的手底下。

那一天，宋隽然正在大学的食堂里面吃饭，忽然听见从燕平来珺州进行交流访问的两个师哥正在互相讨论着什么。一个熟悉的声音首先飘进了耳朵：“……这个问题并不难啊，从理论上讲我们没错！会不会从开始数据就是不对的？是不是一直以来研究的这个数字是一个废数据？我觉得我们应该推翻以前的理念，重新自己研究……”“我觉得不行，你的这个想法根本就经不起推断！如果废了之前教授留下的数据，那么我们连参考数据都没有了！”另一个熟悉的声音制止道。“可是我们的算法没有任何问题，却和这个数据相差甚远，我宁可相信我们自己！”

宋隽然瞬间不吃饭了。这个话题实在是太抓耳朵了，唤起了她的好奇心。她确确实实地预感到，这个困扰了她五年的课题，即将有重大的突破。

宋隽然努力地竖着耳朵听。

听着听着，她立刻冲出了食堂，冲进了实验室。

“把数据废掉，再来一次！”

她不怕麻烦，她只怕研究不出来。

她一定要给她的偶像们一个交代！

不停地演算，不停地变换。

宋隽然本以为自己将在不断地计算中度过余生，这个药物难就难在有病症的人吃下去要有疗效，但没有病症的人吃下去还不能有副作用。

这样做的原因只有一个，宋隽然知道，在常斯礼患病期间，是童大飞一直陪着常斯礼吃药的，药物导致的副作用也让童大飞难受万分。而在二十一世纪初期，珺州和燕平对内源性抑郁症均没有特效药，所以常斯礼最终的结局引得人们无不悲恸。

尽管常斯礼已经去世了二十多年，但宋隽然却还是固执地想把他治好。

即使迟到了，也要治好。

在她进入珺州大学的第三年，幸运女神再次向她张开了臂膀。

经过了不断地演算，她终于得到了一个粗略的化学式。有了化学式，这就意味着这个药即将可以做出来了。

那个场景，像极了她第一次得到燕平市歌唱一等奖一样。

在她进入珺州大学的第五年，粗略的药品被制出了，毕业成果展示会中，她第一次向世界汇报自己的成果。那天，在世人惊叹的声音中，她的眼睛里尽是炽热的光芒。

毕业之后的第 10 天，她就带着她的成果返回了燕平。

她一定要研制出来！谁也没办法改变她的这个想法！

她进入了科学研究院继续研究她所研究的课题——如何攻克内源性抑郁症。

宋隽然从珺州回燕平先去母校看望了潇潇雨下。

“亲爱的！你都变成科学院的科研人员了！真棒！”面对宋隽然，潇潇雨下从不吝啬对小姑娘的赞美之词。“承蒙厚爱！期待我的课题早日成功！”宋隽然兴奋地攥紧拳头，接着又略带遗憾地说：“潇老师，等到实验开始就相当于进入保密阶段了，我就不能常来看您了。”

从小到大，宋隽然可是个相当重感情的孩子。

潇潇雨下面对着此时的宋隽然，只是微微一笑，什么也没说，拉着小姑娘去食堂吃了顿饭，接着她做了一件让宋隽然怎么都想不到的事情。

“潇老师？”潇潇雨下把宋隽然拉到办公室，接着拿出糖果包。

“挑一个吧！私人情感，我请你吃。”

在宋隽然上高二的时候，潇潇雨下就常对她说这句话。

“吃完糖要笑一笑，祝你早日成功！”

谢过老师，和宋熠文打过招呼，宋隽然坚定地踏入了科学院的大门，尽管踏入大门的前一秒她还在和宋熠文要赖撒娇。

“爸爸，我害怕，害怕成功不了。”

“安安，别怕，爸爸在等你，不管成不成功，你在爸爸心里都是最棒的小英雄。”

宋隽然目光灼灼地望着爸爸，她要好好看一看她的爸爸，实验保密阶段，她只能一个月回家一次了。

宋熠文有万般不舍，但他仍然站在科学院的门口目送女儿，直至女儿走进大楼。

很长一段时间，宋隽然都在反反复复地实验，每一天睁眼面对的都是一箱又一箱的试管与堆到天花板的验算报告。

倦了，累了……

宋隽然会靠在椅子上吃一颗糖，接着望向办公桌上摆放的相片。

她与宋熠文的、她与宋熠文和刘若明一家的、燕平F5的、与李默麒和陈三六的、与程艺鹏的、与潇潇雨下的、与关小花和李墨煜的……

她的工作服衣兜中同样揣着这么一组小型的照片，不同的是还多了一张常斯礼和童大飞的。

日子就这样过了很久……

“小宋，我给你找过来了几个帮手！”宋隽然刚刚结束一天的实验，正在盯着笼子里的小白鼠思考新的问题，猛然听见这句话，连忙回头。

“院长？”

果然，在科学院院长的背后赫然站着几个毛头小伙子，看起来年纪跟她相差不多。只见为首的小伙子个子不高，但看起来十分有灵气，他带着他身后的同学走来，接着伸出了手。

竟然是他啊！

“师妹好久不见，在珺大交流的时候我就听说你对内源性抑郁症颇有研究。从今天开始你就有科研团队了，我们都是队里的组员！我叫魏宗泽！”

这不正是那个师哥吗？这不正是那个要推翻原先数据自己研究的师哥吗？

“师哥好，好久不见！叫我涵汐就行。”宋隽然与其握手。

“大学里面叫惯了，就先叫着师妹吧，慢慢再改。我对你这个课题很感兴趣啊，我也研究好几年了，院长和我说了一下大概情况，我就找了几个长期合作的朋友过来，他们对于药理的研究非常深，而且我们的研究课题全都是有关内源性抑郁症的药物研究。我们和你一样都是常年研究，基本都是从高中就开始了，所以我相信我们一定可以帮助到你。”此时的魏宗泽正伸手介绍着，“他们都叫我小个子，你以后也这样叫吧！”

“宋老师好，我叫徐谦霖！”

“宋老师好，我叫李蓦然。”

“……”

望着一个个年轻的小伙子逐个介绍着自己。

宋隽然愣住了。

她感觉浑身的血液似乎都凝固了，心脏似乎要跳出胸膛。

她突然想起了那一天：弹着钢琴，便想做常斯礼的眼睛。

她当然记得，那天她似乎看见死神提的镰刀跑了，是被常斯礼和童大飞赶跑的。她要做的，就是把带走常斯礼的死神打败！

半晌，宋隽然的嘴里吐出了一句话：“咱们什么时候开始研究？”

第二天，小小的科研团队便开始工作了。

每个人有条不紊地做着自己的工作。

他们每一个人都本着要攻克内源性抑郁症而努力奋斗着，但是他们从来不知道，原来，在他们口中年轻的“宋老师”心里，藏着一个这样大的秘密。

就是这样一群孩子，带着大大的护目镜，穿着厚厚的防护服，日复一日，年复一年地泡在实验室里。他们会因一个错误数据的变值而欢呼雀跃，哪怕只是0.1；他们会因一项激素的提升而欢欣鼓舞。他们努力奔向全人类的理想。

就在那个小小的实验室里，藏着一个实验团队。在那个实验团队里汇集着各种高校的精英学生。除了这些，还藏着最高深的技艺和最长久的耐心。

由于实验保密，几乎没有人知道他们在做什么，宋隽然也从来没有告诉任何人，包括她最亲爱的爸爸、她最记挂的童大飞先生、她最想念的陈三六、程艺鹏以及她喜欢的刘若明一家。

时间又过去了很久……但他们始终没有放弃。

他们也绝对不能放弃！

试药——投入临床——成为诺贝尔生理学或医学奖的候选人……

终于，在整个实验团队的不懈努力下，他们收到了梦寐以求的诺贝尔生理学或医学奖的邀请函。

诺贝尔评奖机构发来了邀请函，宋隽然也被破格晋升为科学院院士，科研小队的七个队员也分别提升成了副研究员或助理研究员。

“唉，”小个子假意叹气，“之前咱俩还能攀个朋友或者师兄妹，现在可好了。”小个子拍着宋隽然的肩膀哭笑不得，“师妹，现在你升了院士，我们哥几个都得管你叫尊称了。”

听了这话，宋隽然也是不尴不尬地嘿嘿一笑，“院长在或者工作时间，咱就按规定叫尊称；院长不在或者下班时间，咱们就该怎么着怎么着。”

科学院偌大的礼堂中，实验团队站在台下，静静地聆听科学院院长的训话。

“这一次的邀请函是非常难得的！我们必须要成功，也不允许失败！如果成功了，你们团队里所有的人都会登上诺贝尔生理学或医学奖的颁奖礼台！但是如果实验失败，你们会面临最残酷的淘汰！世界将看不见你们！你们也不能拿出你们的成果，不能告诉世界中国的力量！所以必须成功！你们有信心吗？”

“有！”

仅有八个人的实验团队中，作为队长的宋隽然昂首挺胸，抬起头喊得格外大声。

她只能有，她必须有！

她背负的使命，她知道！

后来的日子里，他们几乎成日成日地泡在实验室。一次又一次的失败，使每一个实验员的身体和心理都经受着非同寻常的考验。他们流过悲伤的泪，也流过激动的泪，流下过无奈的泪，也流下过喜悦的泪。每一天的实验都使他们的身心俱疲，但是从来没有一个人在中途放弃。

实验的过程就像是将他们每一个人置于死地，然后再让他们自己把自己救活。

他们活下来了，从刚开始的连滚带爬，到后面挺直胸膛地站立着。在宋隽然的带领下，实验团队突破了瓶颈，最终取得了胜利。

他们的药物实验，通过了国际的审核。

诺贝尔生理学或医学奖颁奖典礼的大门向他们敞开了。

终于解密了的他们，告诉了身边最重要的人。

宋熠文笔挺地站在科学院的大门外笑着迎接女儿，场景像极了2009年的那个秋天。

胜利返乡

故事讲完了。

小个子魏宗泽发出了一声叹息："哇，老大，你太厉害了！你这成长经历实在是独一无二！我给你讲，我们谁都没有你这样的成长经历！"

嘿，这小子！不知不觉中改了个称呼。

"如果不是他们，我绝对没有现在！"对于不能把宋熠文和童大飞先生请到颁奖典礼现场，宋隽然遗憾地摇了摇头。

整个团队的队员看着他们的宋院士，不知道该说些什么，只好默默地坐在旁边看着她。

"我真的很幸福！因为有爱，所以幸福！我有那么好的爸爸，那么好的朋友，那么好的你们，那么好的老师……"宋隽然微笑着，"我程哥说了，等我回去他要请我和我爸吃饭！小个子，到时候我就告诉他，你的请求，让他家小团子以后带你家小朋友玩音乐！"

小个子忽然害羞起来，"我也想让我女儿做一个幸福的孩子啊！"

小队成员打打闹闹，"你怎么知道一定是女儿啊！万一是儿子怎么办？”

“要是儿子？”小个子突然嘴角扯起坏笑，“儿子的话，满月就给我工作去！”

小队一阵哄笑。

“我可没有那么夸张！”宋隽然斜眼看着小个子，“我的宗旨很简单，头胎女儿就不再生了，头胎儿子，那可以考虑。”接着宋隽然翻了个白眼，“头胎是女儿，我可不愿意让她受我的罪，她还得照顾弟弟妹妹……儿子的话，估计他也没有照顾弟弟妹妹的闲心……”

小队再次哄笑。

“唉，我现在就是想爸爸了……”

宋隽然低着头，望着领口的徽章出神了。

这是一个很漂亮的徽章！你不仔细看，可能看不出来这是什么。其实徽章是两个部分，一边是常斯礼与童大飞，一边是宋隽然与宋熠文。宋隽然爱惜地抚摸着它，这可是她的宝贝。

“老大，给我们看看吧！”小个子说着伸出了手。宋隽然见状，小心地摘下递给了他，“你可小心点，千万别弄坏了！”话音刚落，徽章“啪嗒”一声，从中间打开了，里面掉出了一张纸条，上面有一行字，虽有些潦草，但是郑重而有力。

“宝贝加油，爸爸在燕平等你回家！”

字条掉落到宋隽然手边，但其他队员都没看见，他们只看见这珍贵的徽章被“弄坏”了。

“你看你把老大的徽章弄坏了！”有人正大声谴责着小个子，突然看见一旁的宋隽然眼含泪光。“老大，你等着，我替你教训他！”徐谦霖撸起袖子朝着小个子走去，他以为宋隽然是因为徽章“坏了”正生气呢。

“嘘！你看老大！”小个子最先发现气氛不对，眼见宋隽然拿着张纸条宛如静止。几个大男孩立刻探头观望着纸条上的内容。

“等你回家”这四个字像温暖的春风拂过宋隽然的心头，又像宋熠文的大手抚摸着宋隽然的头发。

“嗯……回家！”宋隽然喃喃地说，“等我回家！”

隔天一早，由宋隽然带领队员精神抖擞地穿着特定的服装走进了颁奖典礼现场，等待着最终的结局。

颁奖典礼上，整个实验团队坐在台周，每一个人的手都互相牵着，远远看去就像一堵矮矮的人墙。

在当地时间十一点半，2029 年诺贝尔生理学或医学奖揭晓：

“由中国药学家宋涵汐和她的研究团队获得该奖，为表彰其在攻克内源性抑郁症方面所做出的杰出贡献！”

一瞬间，宋隽然的精神放松了，整个团队陷入了一种安静的狂喜。一席人走上颁奖礼台，等候着宋隽然领奖。

鞠躬、握手、接奖，宋隽然抚摸着那个戴在领口被拼好的徽章，遏制着自己激动的心情说道:“我非常感激我的团队，他们做出的贡献是所有人想象不到的！”站在宋隽然后排的年轻小伙子们，忽而害羞地低下了头。

“我还要感谢我的爸爸！因为他一直认为我是最出色的孩子，即使少年时期的我并不优秀。”宋隽然眨了眨眼睛，“我也认为他是最优秀的爸爸！爸爸，谢谢你，我爱你！”

她顿了顿，继续说：“还有两个人，他们是常斯礼和童大飞！”宋隽然继续说着：“我很幸运，我在2019年四月与常斯礼“相遇”了！后来我又认识了童大飞！我有这个梦想，也是因为他们！现如今内源性抑郁症已几乎被攻克了！”宋隽然转过身面对着自己的团队成员，“谢谢你们，你们辛苦了！”接着又面对着台下的观众，“Thank you very much. Thank you for your support！（非常感谢！感谢支持！）”最后，她鞠了一躬，先是摸了摸自己心脏的位置，然后指向了头顶的天空。站在台侧的颁奖人赞许地看着台上的年轻实验员们，由衷地为他们鼓掌。

在下午的记者发布会中，宋隽然把之前在颁奖礼台上说的话又说了一遍。不一样的是宋隽然还坚定地望着台下中国记者的镜头：“爸爸，谢谢你，我爱你！这里面很大一部分都来自你！”停顿了一下，她又看向了中国记者的镜头，用纯正的粤语说：“多谢你们，你们辛苦了！”

中国人再一次站上了诺贝尔奖的舞台，让世界看到了中国力量，中国风采。一夜之间，宋隽然精心准备的衣服成了海外的爆款。

中国人民经过了漫长的等待，我们的新一代共和国建设者就要回家了！

宋隽然正在出席最后一场在斯威歌的报告会，只要会议结束，她便会和同事一起收拾行李归国。

他们终于要回来了！

此时此刻的宋熠文在院子里面不停地踱步，女儿与他相隔万里，他一点都不关心拿没拿到奖牌，而是女儿什么时候回来。火力全开在笼子里上下折腾，明汉和姆哈姆德进行着追逐战，刘若明此刻已经准备齐全了所有食材得以随时开灶，好在第一时间给宋隽然做上一顿热腾腾的饭菜。

陈三六和李默麒调整了排班，为迎接宋隽然回国来机场站岗，虽然机场并不是他们的辖区，但为了宋隽然，二人也是辛苦赶来；程艺鹏作为知名音乐总监此刻已在电视台的直播间俨然坐镇，他正指挥着工作人员调试音频，而青森和秭归作为电视台编导，也忙给程艺鹏送来了音乐歌单，“程老师，台里说了，涵汐一走出来就给第一个音，不能早不能晚，辛苦您了！”几人一同等待着宋隽然在直播中出现。

小许哥的推拿馆越开越大，好几个电视机摆在馆中，只是里面的节目换成了宋隽然即将回国的直播报道；柯亭也把直播放给留学生，她可要给这群留学生好好讲讲宋隽然的事迹。

这几天潇潇雨下非常忙碌，她的学生们听说自己的学姐是宋隽然都忙着向她打听，这一天她特意抽出一节课打算给学生们播放宋隽然回国的直播。

“开荤了啊！满足一下你们对学姐的好奇！涵汐是个很棒的学生！”

童大飞掐着点从珺州飞来燕平，估摸着宋隽然的归国时间，打算先去下榻酒店安置行李，然后再和宋熠文一起去机场迎接宋隽然。

宋熠文还不知道女儿回燕平的精准时间，只是知道航班，至于飞机几点抵达，只能估计个大概。但就算这样，他也想立刻给女儿做上她爱吃的萝卜牛肉，就算要焖上五个钟头也不嫌麻烦；他真想赶紧带着女儿去她喜欢的购物中心，把她想买的东西全买回家；他真想立刻给童大飞先生打电话，他知道宋隽然一回家最想见到的人准是这些人。

宋熠文已经等不及了，他太想念宋隽然了。刘若明带着中外金融交流完毕的焱焱姐姐已然返回家中，赶忙查询着宋隽然回国搭乘的航班的最新信息。

“嗡嗡”两声，听到声音的宋熠文立刻回头抓起桌上的手机，“嘿，赶得早不如赶得巧！”接着就赶紧接通电话，“喂？童先生！我也正想给您打电话呢！您到酒店了？一会儿我去接您！”

“然然什么时候回来啊？”

然然——自从宋隽然见到了童大飞先生，这便成了他的专属叫法。这个名字还真有一个小故事。因为宋隽然的“然”字，用粤语读出来很像普通话“一”的发音，“一一”，他们的故事都是由一个又一个美好的事件组成的。

一个是燕平的老父亲，一个是珺州的贵人，一个是温暖的有心人，一个是成熟的小老师。几个人同时挂记着回国路上的宋隽然。

电视台的程艺鹏最先获得了航班降落时间，连忙致电给焦急等待的宋熠文，男人兴奋地来不及客套便谢过对方，赶紧放下电话准备迎接宋隽然归国。

这么多年，“女儿奴”的性子一点没变。

程艺鹏看着手机淡笑，接着抬头看向直播屏幕，期待着宋隽然的出现。

宋熠文开车载着童大飞奔赴机场，他们一定要站在第一排迎接。

飞机准时降落了。

科研小队终于回家了！

整个机场人头攒动，所有人都在伸头望着出口。涌动的人群最前面，站着两个男人。

两个男人看似焦急又紧张。宋熠文穿着崭新的西装三件套扒着栏杆，一会儿拍拍腿，一会儿攥攥手，刚想抽上一根烟来稳定情绪，接着看了看周围，又悄悄地把打火机塞回去。

估摸着时间差不多了，陈三六和李默麒开始协调人手把部分警力安排在接机口处，以防人员踩踏；记者们紧盯着出口，准备着递上话筒；电视台直播间的程艺鹏严阵以待，只要宋隽然踏出来，他就给出第一个绝妙的音符。

第一个走出飞机的是实验团队里的小个子。他只是探了一个头，人群中就爆发了巨大的欢呼声，小个子连忙缩了回去。

直播间的程艺鹏吓了一跳，他以为宋隽然走出来了，刚要按键又连忙收手。

哎哟，差点出错……

接着他再次擦亮眼睛等待他的隽然小妹出现。

“老大，出去吧，我看到你爸爸和童大飞先生了！”

接着整个团队在宋隽然的带领下走下舷梯，程艺鹏立刻按键，全国人民都看见了这沸腾的一刻。

整个中国沸腾了。

“儿子回来了，儿子回来了！”“宗泽！爸爸妈妈在这里！”“然然，爸爸妈妈来接你啦！”一时间，等候许久的队员父母也立刻提高分贝呼唤着自己的孩子，人群一下子朝着他们挤了过去，保安和警察赶紧以宋隽然为中心为这些刚刚回国的科研人员围出一块接受采访的地方。

陈三六和李默麒站在最前面，兴奋地朝宋隽然挥着手；机场的直播画面上放出了程艺鹏悠扬的琴声。

宋隽然也朝着朋友们招手，听见音乐的那一刻，她确信那是程艺鹏送给她最美的礼物。

“报告台长，程老师下键很准时，我们达到了要求。”秭归和青森津轻正将直播间的一切通过耳麦汇报着，接着看向了录像里的宋隽然。

“然然！我们都来了！”李蓦然的妈妈还在兴奋地喊着，记者们的镜头连忙对准她。

“然然？”宋隽然的脑海里突然回想起了儿时宋熠文呼唤自己的样子，她的目光望向四周，找到了爸爸和童先生。

她微笑着向他们招了招手，宋熠文慈爱地点了点头。

“哦，我的安安，我的小姑娘，爸爸好思念你！”

宋隽然嘴角的弧度逐渐上扬，“爸，我回来了！童先生，我回来了！”一片沸腾之中，没有人关注到几个人秘密的交流。

潇潇雨下的班级一片欢呼，柯亭带领外国留学生兴奋鼓掌，小许哥的推拿馆里尽是一片赞叹的声音……

并不在燕平的佐藤雨轩，通过手机直播密切地关注着这个燕平的好朋友，激动地朝着直播画面挥着手。

宋隽然好像感应到了，她也向着直播镜头挥手。

还是上一次的女记者，她又把长长的话筒放在宋隽然的面前:“宋院士您好，这一次您获得了诺贝尔生理学或医学奖，全国人民都为您感到开心，为您感到骄傲！您现在已经是最年轻的诺贝尔奖得主了！”

“现在我可以告诉大家两个‘你们’是谁了。第一个你们，是常斯礼先生和童大飞先生。第二个你们，是我的爸爸和小妈等家人朋友。如果没有他们，就没有现在的我！”宋隽然拿起递过来的话筒郑重其事地说道。“因为常斯礼先生，我决定要从事有关心理学的工作！也是因为常斯礼先生，我才真真正正地开始研究关于内源性抑郁症的药物！我真的非常感谢他们！”

接着宋隽然抬起头，看着眼前的众多记者像是在寻找着什么……终于，她瞄到了一个珺州的报社，接着要来了麦克风:“多谢你们，你们辛苦了！”

此时此刻，站在接机人群最前面的宋熠文和童大飞终于拨开人群走到了宋隽然的面前。

宋隽然这才发觉自己和爸爸长得真像。

“现在都是最年轻的小院士了，我们安安真是长大了。”

宋隽然笑了，宋熠文也笑了。

记者们看到此情此景，惊讶得都忘了照相。

趁着这个时候宋隽然和爸爸将童大飞先生带到了一个相对安静的地方。当记者们想起来要拍照的时候，宋隽然已经和队友们打过招呼，在父亲和童大飞先生的带领下钻进了轿车。

“小妈呢？若明小妈怎么没和焱焱姐姐一起来？”宋隽然左顾右盼。“在家给你做好吃的呢！”宋熠文关上车门，“一会儿回家好好吃一顿！”

小姑娘的笑容顿时涌在脸上，接着望向坐在旁边的童大飞。

“童先生，谢谢您！这也是您应得的！”宋隽然从衣兜中掏出了那块来之不易的奖章。

童大飞颤抖地接过宋隽然的奖章仔细地研究着。金色的奖牌衬托着童大飞先生眼睛里的光，他的眼睛也亮晶晶的，像极了常斯礼。

“真是谢谢你啊！你真的没有食言，真是太感谢你了。”童大飞的眼睛亮闪闪的，“我也给你带了礼物。”说着也在怀里掏来掏去。

“啊！”宋隽然的眼睛亮了，“珺州警察的钥匙扣！”接着小姑娘宝贝似的握在手心，“谢谢童先生。”小姑娘连忙干干脆脆地答谢。

童大飞正慈祥地望着这个喜上眉梢的小女孩，不料小姑娘又说了一句话。

“这个是我们研究出来的药！”宋隽然郑重地收起钥匙扣又拿出了个小盒子，接着从里面掏出一小片白色的药片，“它叫大思礼片，意思就是大飞思念斯礼。”宋隽然解释道，“其实大家起了好些奇怪的名字，有用成分命名的，有用小白鼠命名的，还有好多好多，但是队里总有一两个人提出反对意见，只有这个全票通过。”

“然然，多谢你！”童大飞先生望着药片，轻轻地对宋隽然说，“这个是甜的吗？他不喜欢苦的。”

“为了能让小朋友吃下去，我们专门做成了甜的呢。”宋隽然自豪地回答，“不但小朋友可以吃，而且没有病症的人吃下去也是不会有副作用的！”说罢，宋隽然变魔术似的变出一片自己吞了下去，童大飞见状也品起味来。

“是他喜欢的奶茶味啊！”

这个药片他们等了二十六年！就连宋隽然也等了十一年。

这是多么令人欣慰的一刻啊！

许久没有说话的宋熠文终于从主驾驶座上回过头：

“今天是我最最高兴的一天，因为我亲爱的女儿回来了！”

“今天也是我非常高兴的一天！然然，辛苦你了！”

“嗯！今天也是我特别高兴的一天！我实现了大家的梦想！”

“所以……”宋隽然狡黠地看着童大飞先生与爸爸，“咱们去找小妈和焱焱姐姐吃点好吃的！还有二姨和二姨夫再叫上小红果、姥姥、小姨、小姨夫也得来！”宋隽然挤挤眼睛，“童先生，我小妈做的炸酱面绝对一绝，您一定要尝尝！我敢说，那是我心中最好吃的炸酱面。”

并不大的屋子里热闹欢愉，热气腾腾的饭菜更加烘托起气氛，满屋飘着茉莉茶香，那是家的香味。电视里正播放着宋隽然接受采访的视频，舒缓的背景音乐令人感动而振奋。火力全开在笼中跑上跑下，姆哈姆德带着明汉在屋里开心地绕圈。大家围着圆桌而坐，圆桌中央摆放着金灿灿的诺贝尔奖牌，童大飞的身旁是一把椅子，与椅子相对的桌面区域上放着一碗炸酱面，还有一枚童大飞亲手放在那里的大思礼片。

后 记

这本书的诞生跟我是有关系的。

这里的故事，是有原型的；这里的人物也是有原型的。

我可以肯定地说，宋隽然就是我。书中人物的人设，与我身边的人是一样。

爸爸是医生，奶奶是学校主任，小时候的弟弟也是个“混世小魔王”。

而且真的有一只鸟和两只狗。

写出这本书，我觉得还是挺有意思的。把自己的一大部分经历写成小说，再畅想属于自己的未来，这也是我第一次尝试。当看见一个个自己喜欢的、不喜欢的人物变成虚拟人物来到自己面前的时候，那可真是爽啊！但是每每回忆起一段童年的经历，都是撕开自己的伤口，再往上面撒盐，让它自己愈合。我一直在努力地治愈童年留下的伤疤，不论好的、坏的、哭的、笑的，还是痛的，这些都是不可错过的一切。

我的奶奶和宋隽然的奶奶一样，她不是不爱孙女，或许只是方式不对，她也会带着我出门旅游，也希望我能展示自己……

也许有很多不悦与气愤，也许有很多争吵和无奈，但彼此家人一场，也一定是个特殊的缘分。

不论如何，那就珍惜吧！

而且我敢说，从主人公出生一直到“童先生您好”的前面一章，所有的事情都是真实发生过的。

因为那些都是我的故事。

当然了，后面发生的事情便都是我的想象了。

尤其是“获得诺贝尔奖”这一章，是我的遐想。曾经有一位医生爷爷跟我说过：“想要研究出一种药品，不能单单只靠一代人的努力，需要好几代人去研究，最后由一个理论知识非常高超的人做出来。”所以说，药品研究出来与获得诺贝尔奖都是我美好的梦想。

但无论如何，我都很感谢我的爸爸。

有时我觉得，我爸爸就是宋熠文。他也总是忙着上班，不能经常陪孩子，但是特别爱孩子。

我的爸爸，是很多人都喜欢的一个人。

就连程艺鹏的原型都说，以后要是做爸爸就向我爸爸学习。

有这样的爸爸，我真自豪！也许很多时候的生活不尽人意，就像宋隽然的生活环境一般。但我和宋隽然一样，就算面对生活的魑魅魍魉，只要和爸爸在一起，我相信，我们什么都不怕。

这本书里，角色的名字我起了很久。

我不想落入现代小说的俗套，又不想别人一看就完全知道这个人是什么样的。

所以我绞尽脑汁地塑造着角色的名字。

严振华 —— 是个十分固执，脾气急躁，又有点重男轻女的人。姓严，就会觉得这个人很严格。她的人设也一样，所以严振华的学校叫厉家村小学。

宋熠文 —— 把我的爸爸搬上书了，温和、缥雅又很有知识的医生。姓宋，是因为我和爸爸商量了好久，我们都很喜欢一个姓宋的角色，最终敲定这本书中的父女以宋为姓。他真的是个大忙人，但是他不会错过孩子的成长。他是一个熠熠闪光的人。

宋稷文 —— 主人公的姑姑，有时很倔强，有时又很急躁。从名字就可以看出来，至少这不像是一个女孩子的名字。江山社稷，五谷丰登。

刘若明 —— 宋隽然的小妈，刘：出自刘姓角色，若：出自她真实名字中的“如若”，明：出自露从今夜白，月是故乡明。

焱焱姐姐 —— 通过她喜欢的火力全开，遂起名 —— 焱焱。她确实是个大学霸，我能从她身上学到很多很多的东西（比方说理智追星，我追星就不太理智）。

我猜测大家一定很好奇小主角名字的来源。

宋隽然 —— 隽：优秀，才智出众，杰出的才干。然：同“燃”。

爸爸希望我健康快乐，所以我取了“然”字。只要品德不坏，整个人总会是优秀的，所以我取了“隽”字。

宋隽然——汇集了我与爸爸共同的期望。

没错，名字真的大费了我一番周折才想到，好在每一个名字都有它独特的意义。

名字中包含的记忆，是我不可错过的，也是不可忘记的，里面的爱与恨交织而成一张时间网，深深地保存在我的心中。

不是想不起，而是忘不掉。

这是一段与别人不太一样的经历，但愿可以警醒更多家长。

每一个孩子都是上天派来的天使，如果有幸得到了一位天使，请不要折断天使的翅膀。

写到这里，也就意味着这本书中宋隽然与她身边朋友的故事就结束了，故事虽然写完了，但是爱永远不会消失。

我敢打赌，我们的小主人公是永远不会忘记她身边的这群好朋友的。

一路走来，她的故事是多么不可思议啊！

她怎么会忘呢？

她不会忘记以潇潇雨下为首的那些老师……

她不会忘记燕平 F5，不会忘记李默麒，不会忘记陈三六，不会忘记程艺鹏……

她不会忘记常斯礼，不会忘记童大飞……

她不会忘记宋熠文对她的爱，刘若明和焱焱姐姐给予的温暖，小红果带来的欢乐，二姨、小姨的建议，锐哥二姨夫和茂爷小姨夫的鼓励指点……

她又怎么会忘记呢？

在她不断成长的过程中，有笑有泪，有苦有甜。宋隽然努力地成为自己希望成为的人。当她好不容易成了自己希望的样子再回望曾经的自己，想必满满的都是感动。

写出宋隽然的故事，我希望可以送给更多的家庭和更多像宋隽然一样深陷原生家庭无法自拔的孩子。

原生家庭带来的阴影总是使得人们在步入社会时遇到很多困难，也许一门心思地学习、工作会被孤立，也许希望事事做到最好却总有人不如意。

遇到这些就该退缩吗？宋隽然在遇到困难、遇到打击时习惯了独自站起来，我们也应该和她一样。污浊中，清白就是错误，但跳出污浊，清白永远是清白。

故事设定的背景时间就是21世纪的故事，有我们现在经历的一切，也有对未来的幻想。

也许我们错过了很多的事情，但是从现在开始像宋隽然一样抓住机遇，一切皆可。

宋隽然不是一个完美的角色，她没有电视剧里的小童星那样优越的“外挂”，也没有特别可爱的外貌，她就像一个邻家小女孩，有喜乐有悲伤。

如果你某天出门碰上了一个蹦蹦跳跳的平平无奇的小姑娘，那大概就是宋隽然的模样了。

宋隽然会犯错，被表扬了也会高兴，会争宠、会吃醋，也不愿意做一个懂事的孩子。

只是人们总是赋予她很多责任，孝顺奶奶、谦让弟弟……她也想像个孩子一样，但是她不行。

因为她是孙女，她是姐姐。

因为她还是两个家庭中最重要的也是唯一的纽带。

即使她得了抑郁症，即使她被疾病折磨得困苦，即使她想到过死亡，她也依然待人如初。

所以她的重情重义与很多品质就像是无瑕的宝玉一般，没有任何污点。

也是因此，这样的经历是很独特的。

这些责任给予了她太多压力，人们总是忘记她其实也是个需要被关爱的小女孩。

她得了抑郁症，这就表明家庭问题会使得人们的心理健康受到危害。

跟随着这本书，我们可以看到很多原生家族暴露出来的问题，家庭教育问题、老幼关系问题、心理健康问题……宋隽然虽然尽力理解但也不能应对自如。

在这里，我也要特别感谢本书的原型们，因为有他们，我很幸福也很幸运，是实实在在地因爱而幸。

感谢宋熠文的原型，感谢刘若明的原型，感谢姥姥的原型，感谢焱焱姐姐的原型，感谢小红果的原型，感谢二姨的原型，感谢小姨的原型，感谢锐哥的原型，感谢茂爷的原型，感谢陈三六的原型，感谢李默麒的原型，感谢关小花的原型，感谢李墨煜的原型，感谢黎主任的原型，感谢潇潇雨下的原型，感谢小舒老师的原型，感谢“蓝朋友”的原型，感谢由老师的原型，感谢小派的原型，感谢程艺鹏的原型，感谢秭归的原型，感谢青森津轻的原型，感谢小许哥的原型，感谢柯亭的原型，感谢李蓦然的原型，感谢小易的原型，感谢精神科医生的原型，感谢心迪的原型，感谢佐藤雨轩的原型，感谢警官大学老师的原型，感谢陈惠芬的原型，感谢常斯礼的原型，感谢童大飞的原型。（排名不分前后）

感谢你们出现在我的书中，伴我做了一场不可思议的梦。我能认识你们，我很荣幸；宋隽然能认识你们真的更加荣幸！我作为作者，不但要站在我的角度对你们表示感谢，更要站在宋隽然的视角感谢你们！

这本书有一个很有意思的地方，当我在写其中的某一个篇章时，会触动自己内心深处的记忆。当我写到宋隽然在旅游时被弄丢了的时候，一下子就勾起了我小时候的回忆，那种在孩子身上的绝望。我再一次想起成片成片一人多高的黄色植物、不同口音的游客、大树……所以我写完再阅读的时候会有一种很强烈的感觉：这确实是我经历过的事情，确实是那种感受。

我特别开心这本书能和大家见面，因为自己推敲、琢磨了很久。希望和宋隽然一样的孩子可以像她一样有个漂亮的未来，有一个爱她的家。